아시게나,
우리가 *선* 의 땅이
낙원이라네

①

아시게나,
우리가 선 의 땅이
낙원이라네

①

박경훈 스님 선시 ◉ 황혜당 스님 풀이

역사비평사

아름다운 인연 속

혜당(慧幢)화상께서 말씀하시기를 남녘에 한 선지식이 계시다 하였다.

요즘의 내가 워낙 소문에 아둔하여 들어보지 못한 이름인데 경훈(慶壎)스님이라 하였다.

보내온 원고를 보고 그분의 선덕(禪德)을 짐작하게 되었다. '도랑가 물소리 누굴 닮는고……'에 눈길이 머물렀다. 그러다가 여기저기 넘겨가며 읽어가노라니 어느덧 내 심신에 시원하기도 하고 따스하기도 한 바람이 감돌아 드는 것이었다.

내 품안 넓어라
허허탕탕 넓어라
삼일을 울어라
삼일을 춤춰라

이런 노랫가락에 이르러 그만 나도 모르게 탄성이 나와버렸다. 정녕 남녘바다에는 옛 사공이 그물을 획 뿌려대고 그 바닷가 암자에는 경훈선사가 내내 앉았다가 문득 일어서서 동백꽃 낙화 곁에 계시는도다

또한 이 게송들을 애어(愛語)로 풀어낸 혜당화상의 유현한 글발에도 고개가 자꾸 끄덕여지지 않는 바 아니었다(가만히 말하건대 혜당께서는 내 시의 벗 황지우의 형이기도 하다).

다 아름다운 인연 속이로다!

2001. 12
고 은

✤ 시를 엮으며

　맑은 마음으로 살고 싶은 생각에서 수시로 떠오르는 선상(禪想)을 종이조각
에 여백 없이 적어두었다. 나의 삶은 이렇게라도 살고 갔노라고 전하고 싶은
생각이었는지 모른다.
　어언 칠십을 바라보는 나의 인생이 허전하여 수십 년 낡은 종이조각들을 뒤
적이다가 혜당선우(慧幢禪友)를 만나 상의한 끝에 후인(後人)을 위하여 시풀이
와 곁들여 시집(詩集)으로 출간하기로 결심하였다.
　이에, 진심(眞心)이 통하는 혜당스님의 시풀이로 세상에 모습을 드러내게 되
니, 한편으로 성현(聖賢)께 송구스런 마음이 든다. 그러나 어찌하랴! 수수방관
만 해서는 부처님의 제자된 도리를 어긴다는 심정을 억누를 수 없어 부끄러움
을 무릅쓰고 시끄러운 세상 천차만별로 분열하는 이념들을 하나의 세계로 회
통(會通)하고 싶은 솔직한 심정에서, 부처님이 간절하게 말씀하신 본성(本性)의
넉넉한 자리, 청정본연 진여(眞如)의 땅을 고해의 이웃들에게 펴보이고 싶었
다. 이 시를 출간해준 역사비평사 김백일 사장님, 탁월한 안목으로 시풀이해
주신 혜당스님, 쾌히 추선서를 써주신 고은님, 훌륭한 글로 다듬어준 이상실
님, 초고를 꼼꼼히 살펴준 동문수학(同門修學)지기 심삼진님, 정성들여 타자를
쳐준 김윤덕·조현지님 그리고 우리절 유연 불자에게 감사드린다. 끝으로 독
자들께서 선정삼매(禪定三昧)에 들어서 자타(自他)가 무생법인(無生法忍)을 얻는
다면 더이상 다행일 수가 없겠다.
　그럼, 이 글을 탁마(琢磨)의 군소리로 여기시고 청안(靑眼)으로 꾸짖어주시길
바라면서 권두사에 갈음하고자 한다.

2001. 12
박경훈

✤ 경훈스님의 선시를 풀이하면서

　인간에게는 두 가지 세계가 있다. 하나는 고생고생하다가 백년도 못 살고 흙이 되고마는 슬픈 세계이고, 또 하나는 평화와 기쁨이 넘치는 영생의 세계이다. 사실로서 우리에게 있는 이 영생의 세계를 사람들은 알지 못하여 누리지 못한다. 참으로 안타까운 노릇이다. 우리가 말하는 도인들은 그러한 세계에서 살고 있는 사람들이다. 죽고난 후에 저절로 얻어지는 세계가 아니라 누구나 살아서 부지런히 노력하면 얻을 수 있는 세계이다.

　선시(禪詩)는 도인들의 영생의 세계에 대한 노래이다. 우리라고 도인이 못 될 이유가 없다. 영생의 세계를 누리지 말라는 이유도 없다. 다만, 게으르고 어리석어 노력하지 않기 때문이며, 우리를 인도해줄 도인이 우리 곁에 없기 때문이다.

　경훈(慶塤) 큰스님은 살아 있는 숨은 도인이다. 소승은 큰스님의 선시(禪詩)를 불교 교리에 비추어서 설명하고, 또한 한국불교 1,600년사에 빛나는 고승(高僧)들의 선시와 대조하면서 불교를 모르는 사람일지라도 일반상식만 가지고 있으면 누구나 이해할 수 있을 정도로 쉽게 풀어 설명하고자 나름대로 애를 썼다. 우리 모두가 살아서 이 땅을 낙원으로 만들어갈 수 있도록.

　끝으로 이 시집이 출간되도록 다리를 놔준 나의 오랜 친구인 역사학자 이이화 선생과, 책을 낼 때마다 컴퓨터치는 일은 물론 모든 힘든 일을 선선히 도맡아준 광주시청 박남규 박사께 진심으로 감사드린다.

2001. 12
황혜당

아시게나, 우리가 선 이 땅이 낙원이라네

⟨밝은 지혜⟩

어얼씨구 *12* · 쾌봉삼십 *15* · 일심체 *18* · 백지일서 *20* · 오뚝이 *22*
지혜로우소서 *25* · 내실밀어 *28* · 시법이시법 *30* · 한정된 충족 *32*
명월법어 *35* · 좁은 소견 *38* · 보시오 *40* · 아는가, 그대여 사랑을 *42*
나의 암송철학 *46* · 산정설화 *48* · 박이차돈 법어 *51*
기묘년 정초법어 *54* · 동시성불 *57*

⟨하나의 길⟩

하나의 길 *62* · 무념상 *64* · 행복한 발원 *66* · 돌아서 다시 돌아서 *68*
원하는 마음 *70* · 누가 오실까 *72* · 최상미소 *74* · 후회 없는 길 *76*
어데 있소 그대여 *78* · 이 달빛 아래서 *80* · 달래는 마음 *82* · 미친 키스 *84*
님 앞에 침묵 *86* · 격외일로 *90* · 그리워 그리워서 *92*
텅 빈 마음으로 오시옵소서 *95* · 알겠어요 *98* · 님맞이 *100*

⟨연화애정⟩

난초마음 *104* · 지음국화 *106* · 초가을 시 *108* · 가을농부 *110*
가을비 *112* · 백설미담 *114* · 갓버섯 *116* · 풋사랑 동백 *118*
청평강 노을 *120* · 산에 핀 모란에게 *122* · 연화애정 *124*
들어라 뻐꾸기야 *126* · 김해 무척산 기행 *129* · 목련화야 *132* · 백련 *134*
단풍놀이 *137* · 코스모스 길 따라 *140* · 첫눈 *142*

〈바친 시간〉

여름무상 *146* · 사루비아에게 *148* · 하루 삼매 *152* · 바친 시간 *154*
내 집 풍속 *156* · 최윤 시주바랑 *158* · 봄날 허전 *160* · 나그네 시계 *162*
장엄세계 *164* · 모두가 가는 것 *166* · 제일악장 *168*
애정으로 얽힌 영혼에게 *172* · 성불암 탐방헌시 *174* · 산 너머 정든 집 *176*
실담밀어 *178* · 정견진설 *180* · 명일천하야 *182* · 돌 *184*

〈수행의 길〉

먼 고향 항구 연구포여 *188* · 이 울음 아시나요 *190* · 합장하는 이별가 *192*
국화 앞에서 *194* · 지장보살 발원 *196* · 나그네 숙원 *198* · 불효자식 *200*
청평강에서 *202* · 산사여담 *204* · 풋이별 *206* · 이렇게만 살고 *208*
팔월고향 *210* · 13세 동남아 *214* · 못내 그리워 *216* · 인생무상 *218*
보살의 행적 *220* · 늦은 공부 *224* · 회갑날 *226*

〈속말〉

속말 *230* · 도중에서 *232* · 정야성 *234* · 님의 속말 *236*
영생낙원 *238* · 심심전심 *241* · 나의 희망 *244* · 밀어일장 *247*
묵좌수심 *250* · 목우 한철 *252* · 천재밀어 *254* · 꿈속의 사랑 *256*
님의 명령 *259* · 독수공존 *262* · 잊지 못해 *264* · 한가한 세월 *266*
설레는 추억 *268* · 하나의 씨알 *270*

밝은
지혜

어얼씨구

내 품안 넓어라
허허탕탕 넓어라
삼일을 울어라
삼일을 춤춰라

죽은들 어떠리
산들 어떠하리
일도양단(一刀兩斷) 보검(寶劍)이여
능살능생(能殺能生) 자유롭네

백운으로 옷을 입고
우주로 몸을 삼아
대해(大海)는 핏줄이요
태양은 나의 심장

무공저(無空笛) 부는 사람
임운등등 무애열반(無涯涅槃)
춘하추동 어얼씨구
삼라(森羅)는 나의 무대
어라어라 장부들아
덩실덩실 다 모여라
허허허 파안대소(破顔大笑)
열었나니 극락정토

무등등(無等等) 피리불어
시방선녀(十方仙女) 합창하니
유정무정 일어났다
해탈가를 부릅시다

스님께서 대오(大悟)*의 경지를 시원하게 보여주신다. 깨달음이란 자신이 우주만유의 창조자(創造者)가 되며 아울러 우주만유가 자기의 몸임을 깨닫는다는 것이다. 우리는 먼저 진묵대사의 시를 들어보자. 두 도인(道人)의 대오의 경지가 흡사하여 흥미를 돋운다.

天衾地席山爲枕
月燭雲屛海作樽
大醉居然仍起舞
却嫌長袖掛崑崙

하늘을 이불로 땅을 자리로 산을 베개로 삼고
달은 촛불로 구름은 병풍으로 바다는 술통으로 만들어
크게 취하여 거연히 일어나 춤을 추니
행여 긴 옷소매가 곤륜산에 걸릴까 염려된다

스님이 좁디좁은 중생 안에 갇혀 있던 나를 모조리 깨부숴뜨려, 이제 대장부가 되어 참 나를 바라보니 내 품안이 끝없이 넓구나! 우주를 감싸고도 남는구나! 아, 이 길을 가르쳐준 부처님 은혜 고마워서 삼일을 울었네! 나도 부처가 되었으니 즐거워 삼일을 춤추었네!

이제 열반을 얻었으니 육신이야 이제 죽어도 괜찮고 더 살아도 괜찮다. 진리의 칼을 손에 쥐었으니 죽여도 자비행이요, 살려줘도 자비행이로다.

흰 구름은 내 옷이요 대우주는 내 몸이며, 바다는 내 피요 태양은 내 심장이로세!

나는 구멍 없는 피리를 부는 절대자며, 구속 없는 자유세계 내 멋대로 살게 되었으니 사시사철 기쁘구나! 천지만물이 내 모습을 연출하는구나!

장부들아 다 모여라. 여기가 극락이 아니더냐! 마음놓고 웃고 살자. 진리의 피리 소리에 하늘 나라 모든 선녀들이 합창한다. 유정(有情),** 무정(無情)*** 다 신바람나서 일어났다. 대자유의 노래를 부르자.

자신이 죽고야 마는 육체적인 중생에서 우주의 절대자로 거듭나면 유정, 무정이 따라서 함께 거듭나게 된다. 그래서 보조국사도 '내가 살면(거듭나면) 너도(만물) 살고(거듭나고), 내가 죽으면 너도 죽는다(我生汝生 我死汝死)'고 외쳤다. 왜 그럴까? 거듭난 세상은 오직 생명으로 가득 차 있어 생사가 없기 때문이다.

* 큰 깨달음
** 감정이 있는 생명들
*** 감정이 없는 무생명들, 돌멩이·흙·쇠붙이 등

쾌봉삼십(快棒三十)*

도득(道得) 삼십봉(三十棒)이여
득실상(得實相)을 죽임이로다

부도득(不道得) 삼십봉이여
중생(衆生)을 죽임이로다

도득 부도득
총 삼십봉이여
참으로 효성(孝聲)이로다

살불(殺佛) · 살조(殺祖) · 살인자(殺人者)여
여의자재봉(如意自在棒)이로다

눈뜬 자여
다시 꾸짖어라

* 시원한 몽둥이 삼십 대

스님들은 제자를 깨우치기 위한 수단으로 몽둥이[棒]로 때리거나 또는 갑자기 '악' 하고 큰소리를 지른다. 왜 그럴까?

불교의 목적은 깨달음에 있다. 무엇을 깨닫는다는 것일까? 자기의 참마음을 깨닫는 것이다. 그렇다면 우리의 마음을 잠깐 살펴보자.

우리의 마음은 아홉 가지 일을 하고 있다. 첫째 보는 일, 둘째 듣는 일, 셋째 냄새 맡는 일, 넷째 맛보는 일, 다섯째 느끼는 일, 여섯째 생각하는 일, 일곱째 따지고 판단하는 일, 여덟째 기억하는 일.

여기까지는 참마음이 아니다. 중생의 변화하는 마음이다. 참마음은 아홉 번째 마음인데, 그것은 '변하지 않는 깨끗한 마음' 이다. 몽둥이로 얻어맞아도 아픔을 전혀 느끼지 않는 깨끗한 마음이며, 보아도 보는 것에 전혀 물들지 않는 깨끗한 마음이며, 생각하면서도 생각에 전혀 물들지 않는 깨끗한 마음이다. 그 마음이 우주 만유의 근본이다. 우주 만유가 그 마음 위에 건설되어 있다. 중생은 어둠에 싸여 그 마음을 보지 못하나 성자는 그 마음을 훤히 보고 있다.

큰스님들이 몽둥이로 제자들을 두들겨패는 것에는 얻어맞아도 아픔이 전혀 없는 깨끗한 마음을 찾으라는 뜻이 담겨 있다. 본래 갖추고 있는 그 깨끗한 마음을 찾아 부처가 되라는 것이다. 그래서 그 시원한 몽둥이 삼십 대를 때리는 것이다.

본래 갖춘 깨끗한 마음을 찾았다고? 너에게 몽둥이 삼십 대 내리노라. 네가 찾았다는 그 생각까지도 죽이기 위해서다.

본래 갖춘 깨끗한 마음을 아직도 못 찾았다고? 이번에도 너에게 몽둥이 삼십 대 내리노라. 이 중생아! 빨리 중생의 껍질을 버리고 성자가 되어라.

도를 얻었다고 말하는 놈들, 도를 얻지 못한 놈들, 모두 삼십 대씩 얻어맞는 소리, 참으로 고맙고 고마운 소리로다.

너희들이 얻어맞고도 아프지 않는 깨끗한 마음을 찾으면, 그 마음에는 부처도 없어지고 조사(祖師)*도 없어지고 사람도 없어진다. 바로 이 매는 너희들을 여의자재할 수 있는 절대자의 길로 인도하는 몽둥이인 것이다. 하지만 참으로 눈뜬 사람은 내가 미련한 중생들에게 몽둥이질하는 것도 부질없는 짓이라고 꾸짖을 것이다.

깨달았건 못 깨달았건 원래가 똑같은 부처인 것을.

* 큰스님

일심체(一心体)

인류여
인류여
사랑하노라
나의 손가락 다칠까한 사랑이어라

삼라여
하늘과 땅이여
희열 느끼는 애인의 키스처럼
나의 큰 자락에 덮어주고 싶은 사랑이어라

유주무주 수륙공계(有主無主 水陸空界)의 혼이여
선고원친 고혼이시여
일심체의 이웃임을 알아
원심(願心)을 한움큼 풀어 낙원을 이루는 역군처럼
무심하게 웃어주는 일월이 말하는 사랑이어라

깨달음을 얻은 사람을 도인(道人) 또는 성현(聖賢), 성자(聖者)라고 부른 다. 그러면 도인은 무엇을 깨달았다는 것일까? 그것은 온 우주와 우주 안에 있는 모든 것들이 바로 나와 더불어 한몸이며, 한마음이라는 사실을 깨달 았다는 것이다. 그러기에 우리는 그를 성자(聖者)라 부른다. 「일심체」는 스 님의 큰 사랑을 보여주는 말씀이다.

인류여! 사랑하노라. 내 몸을 아끼듯 사랑하노라. 삼라만상이여, 하늘 땅 이여, 애인의 키스처럼 부드럽고 감미롭게 나의 대자대비의 옷자락으로 덮 어주고 싶어라. 어찌 그뿐이랴. 후손 있는 혼령이거나 후손 없는 혼령이거 나, 육지에서 물 속에서 혹은 허공에서 떠도는 혼령이거나 원한 맺힌 외로 운 혼령이거나 내 몸과 같은 이웃으로 알고 있다. 사무친 그 원한을 모두 풀어버리면 이 우주는 그대로 낙원이 될 것이다. 그리고 나는 낙원을 이루 는 일꾼이 되겠다. 나는 나의 사랑을 그저 한없이 쏟을 뿐이다. 해와 달처 럼 아무런 대가를 바라지 않는, 무심하면서 밝고도 부드러운 사랑이어라.

백지일서(白紙一書)

진리를 갈구하지 않는 삶은
무의미한 삶이다

대상을 두고 자비의 연민성이
없는 자는 미완의 인간이다

자기의 단점을
모르는 자는 어리석은 인간이다

만고 불변의 성서 정도를 읽어보지 않은
인간을 벗삼을 수 없다

만물을 두고 자기 살결처럼
아껴보지 못한 인간들끼리는
아무리 진실하게 사귄다 해도
거짓이다

의미심장함 없이 그저 차 한잔 마시며 어린아이에게 쉽게 들려주는 듯한 스님의 말씀 같다. 그러나 마음을 기울여 들어보면 이 속에 대단히 긴요한 진리의 문이 열려 있어 그냥 스쳐 지나가선 안 될 법문이다.

부처님께서는 일찍이 깨달음을 구하지 않는 백년의 삶은 깨달음을 구하는 하루의 삶보다 더 못하다고 하셨다.

"30년 왕 노릇이 하루 수도만 못하다."

이 말은 신라시대 진흥왕이 뒤늦게 스님이 되어 하신 말씀이다.

깨달음을 갈구하지 않는 삶은 무의미한 삶이다. 깨달음을 얻은 성자는 눈에 보이는 모든 것에서 자비로운 연민을 느낀다. 그러므로 눈앞의 대상을 측은하게 느끼지 못하는 자는 아직은 깨닫지 못한 사람이다.

자신의 단점, 즉 정신적인 병을 모르거나 자기의 지식이나 교양이 부족함을 모르는 사람은 어리석은 사람이다. 만고불변의 성서(聖書), 즉 성현들의 말씀이 적힌 책을 읽지 않는 사람과는 벗으로 사귀어서는 안 된다는 경책(警責)의 말씀이다.

천지만물을 자신의 몸처럼 아낀 적이 없는 사람은 깨달음과는 천리만리 동떨어진 사람이다. 그런 사람들끼리의 사귐은 아무리 진실하다고 소리질러봤자 거짓이다. 깨달은 사람이라야 진정코 진실한 사람임을 알아야 한다는 훈계의 말씀이다.

오뚝이

넘어지는 것
너는 살아 있고
그래 퉁퉁 부어 있는 야욕

몸 전체의 불구(不具)
치면 넘어지나
반응하는 기색 없이
등대가 되는 너의 맘

천년(千年)을 익혀온 수도(修道)
무량심이 서리는 모습
봄이여
가을이여
얼마나 부끄러운가

넘어지면
제자리에 서 있는
오뚝이

넘어지는 것, 너는 살아 있고, 바꿔 말해서 죽는 모든 것은 살아 있고, 살아 있는 모든 것은 죽는다. 죽고 사는 모든 일 속에 진리가 살아 있다. 그러므로 수도자는 진리를 구할 때 다른 데서 구하려 하지 말고 우리 눈앞에 있는 사물이나 사건 속에서 구해야 할 것이다. 진리란 이 세상이 아닌 곳에 있는 것이 아니기 때문이다. 마치 오뚝이의 퉁퉁 부어 있는 몸에 욕심이 가득 차 있는 것처럼 이 세상은 진리로 가득 차 있다.

오뚝이는 진리를 듬뿍 담고 있지만 움직이지 않는다. 손발이 없는 불구자기 때문에. 그러나 오뚝이는 사람들이 밀면 넘어진다. 움직이지 않는 진리도 사람들이 요구하면 들어준다. 그러나 그 요구에는 좋다 싫다 반응하는 기색이 없다. 또한, 아무런 대가도 바라지 않는다. 진리가 바로 부처님이다. 진리는 인간의 모든 소망을 들어주지만 아무런 대가를 요구하지 않는다. 우리는 오직 진리만을 인생이란 어두운 뱃길의 등대로 삼아야 할 것이다.

오뚝이가 여기까지 이르기에는, 바꿔 말하면 평범한 사람이 부처가 되기까지는 천년이란 세월이 있었으리라. 친하고 멀고 원망스럽고 은혜로운 사람들을 구별하지 않고 평등하게 소원을 들어주는 진리 앞에 우리 범부들은, '봄이면 봄이다 가을이면 가을이다' 시비를 가리고 있으니 이 얼마나 부끄러운 일인가.

오뚝이뿐만 아니라 천지만물이 진리를 담고 보여주며 인간의 온갖 요구를 다 들어주고 있다. 그러면서도 언제나 제자리에 있다.

우리는 신라시대의 고승 의상대사의 법성게(法性偈)*에서 「오뚝이」에서
와 같은 설법을 읽을 수 있다.

諸法不動本來寂

不守自性隨緣成

진리는 본래 고요히 움직이지 않지만

제자리를 지키지 않고 모든 것을 인연에 따라 이루어주네

* 의상대사가 중국에서 화엄경을 연구하고 그 뜻을 추려서 지은 시

지혜로우소서

흰 눈은 님이요
흰 눈은 삶이요
그래서 흰 눈은 생명이 되어서
언젠가 모르게 피로 화(化)하여
나를 지금쯤 님 앞에 웃게 하였네

양양곡 아악곡을 불러 뭣해
천소리 만소리 다 떨쳐두고
님이 부르는 손짓이 아니더라도
미치고 이제는 병들어 멍청하였네

만약 나에게 날틀이 있다면
세계를 열 바퀴 돌다가 주저앉아
근심 없이 누워서 잠들겠네
평등을 먹게 하여
그런 뒤에 서로 웃어보게나

수도의 목적이 무엇인가? 최고의 깨달음을 얻는 것이다. 깨달음의 내용은 무엇인가? 만물이 나와 한몸이며, 만물이 부처임을 아는 것이다. 앞집에 사는 김씨나 뒷집에 사는 이씨나 뒷산이나 앞강이 모두 내 몸이며, 김가, 이가, 뒷산, 앞강, 모두 부처님인 것이다. 생각해보라. 그런 세상에 전쟁과 반목이 있을 수 있겠는가? 천지만물이 내 몸임을 확실하게 깨달을 때 인간세상은 서로 돕고 평화롭게 사는 세상이 되지 않을 수 없다. 인류가 정녕 이루어야 할 세상인 것이다. 그러한 세상을 만들기 위해서 수행하는 것이다.

그렇다면 무엇으로써 수행하는가? 순수성(純粹性)이다. 순수성은 수도의 사닥다리, 그 사닥다리를 타고 깨달음의 정상에 오르게 된다. 지금 스님은 온 인류가 마치 손가락 발가락이 한몸에 붙어 있듯 서로 한몸인 줄을 뻔히 내다보면서, 서로서로 갈라져서 저만 살겠다고 욕심에 싸여 있는 것을 한탄하면서 '인류여 지혜로우소서' 하고 설법하는 것이다.

흰 눈은 부처님이요, 순수성입니다.
흰 눈은 삶이요,* 순수성입니다.
그 순수성이 나의 생**이 되고 나를 키워서 지금 나는 부처님을 알아보고 웃고 있습니다.
드넓은 바다! 굳이 노래 불러 무엇하리. 드높은 산! 굳이 노래 불러 무엇하리. 그런 소리 저런 소리 다 거두어라. 이 광경을 함께 볼 수 있는 친구의 손짓이 없어도 나 혼자서라도 보고 미칠 수밖에 없다. 그리고 이제는 이 아름다운 광경에 병이 들어 옛날의 내가 아닌 딴사람이 되어 멍청해져버렸네. 나에게 만약 비행기가 있다면 이 아름다운 무릉도원을 열 바퀴 돌다가 그만 지쳐서 멍청하게 주저앉아 있다가 팔다리 벌린 채 누워서 잠들겠네.

깨달음이란 게 뭘까? 그것은 만물의 가치가 평등하다는 사실을 알게 된다는 거야. 우리 함께 깨닫고보면 잘났다고 우쭐대던 사람, 못났다고 울던 사람, 함께 손잡고 웃음을 터뜨릴 걸세.

* 매우 높은 경지의 법문이다. 우리의 삶을 엮어가는 우리의 몸[身]과 말[言]과 생각[意]은 순간순간 변한다. 변하면서 살아간다. 그런데 그 내면의 본바탕은 순수하다. 보통 사람들의 눈에는 순수한 내면의 바탕이 보이지 않는다. 그 순수한 내면의 바탕을 스님은 눈[雪]을 보고 깨우치라고 일러주신다.
** 사실은 천지만물의 생명이 된다.

내실밀어(內室密語)

흐뭇한 표상
감사할 이 없는
껄껄 웃는 법열의 직관
하루종일

공허한 지반(地盤)의 부동(不動)
보탬과 덞이 없는
나 알거니

나이니 말이요
다 별리(別離)가 아닌
산야여
대지여
허공이여
미움과 사랑도
나도 너도

사람들은 참다운 나가 무엇인지 모르고 살아간다. 자기 몸과 자기 생각을 꽁꽁 묶어 나라고 칸막이 쳐놓고 그것을 가지고 세상과 상대하며 살아간다. 그것은 소아(小我)다. 그 소아 때문에 인생의 모든 불행이 따른다. 우리가 인생의 불행을 모면하려면 먼저 그 소아를 버려야 한다. 그리고 참다운 나를 알아야 한다.

스님은 참다운 나[眞我]를 보여주었다. 지금 스님은 온 우주와 우주 안의 모든 것들과 하나가 되어, 벌어질 대로 벌어진 허공 세계에 앉아 있다. 이 자리가 스님의 내실이다. 상대할 대상이 없는 '절대의 나' 자리에 앉아 있다. 마음의 동요가 전혀 없는 진리를 발견한 흐뭇한 자세로 시간의 흐름을 의식하지 않고 앉아 있다.

한없이 넓고 높고 깊은 마음의 세계. 흐뭇하구나! 감사하다. 그러나 감사할 대상도 없는 깨달음의 세계. 이 진리를 보는 기쁨에 껄껄껄 웃음이 절로 나온다. 하루종일 앉아 있어도, 몇 만 년을 앉아 있어도 변함없는 진리의 세계. 벌어질 대로 벌어진 공허(空虛). 지반처럼 움직임 없는 이 자리에 더 이상 무엇을 보탤 수 있으며, 더이상 무엇을 뺄 수 있겠는가?

나는 알겠다. 진정한 나의 모습[眞我]이 바로 이것이다. 산야도 대지도 허공도, 내 마음속에서 일어나는 사랑도 미움도 그리고 내가 지금까지 착각했던 나[小我]라는 것도, 그리고 그러한 내가 본 너라는 상대도 이 모두가 조금도 떨어져 있지 않고 하나가 되어 있는 모습이 진정한 나의 모습이다.

시법(是法)이 시법

시(是)여

하하하
이것일세

하하하
다 토설(吐說)할 수 없는 것

하하하
그거라네

하하하
묘(妙)한 거라네

하하하
묘하긴 뭐가 묘하겠나

하하하
시(是)여 때는 가을이네

그대 삼돌(三乭)은 어떠하뇨

인간세상이 아무리 풍요롭고 살기 좋다고 한들 인간은 이 세상에서 고통과 병과 죽음을 면할 길이 없다. 삼천 년 전 부처님이나 오늘날의 수행자나 수행의 목적은 다를 바 없다. 고통 없고 병 없고 죽음 없는 세상을 발견하자는 것이다. 수행자가 수행을 이어갈 때 그의 마음 상태는 점점 달라진다. 어느 때는 그의 마음이 거울처럼 맑기도 하고 깊은 산속처럼 고요하기도 하며, 맑고 푸른 바다에 섬들이 신비롭게 떠 있는 모습이 비치기도 하고 마음이 불꽃처럼 타오르기도 하며, 앞에 일어날 일들이 훤히 보이기도 한다. 때로는 몸과 마음이 견딜 수 없도록 무겁기도 하고 이상한 모습들이 눈을 방해하기도 하며, 또 어느 때는 수행을 그만두고 되는 대로 살고 싶은 마음이 일어나기도 한다. 그렇지만 조금만 더 공부를 밀고 나가면 궁극에 도달할 것 같은 조짐이 예견되기 때문에 고행을 계속하게 된다. 마침내 그의 마음이 완전히 정화되어 일심법계(一心法界), 즉 유심정토(唯心淨土)가 확연히 드러난 순간 바로 이것이었구나! 시법(是法)이 시법 하면서 스스로 깨침을 확인하게 된다. 지금 스님은 이 순간의 체험을 들려준다.

이것이로구나! 하하하! 바로 이것일세.
하하하! 이 세계를 인간의 말로써는 설명할 수가 없구나.
하하하! 그렇다, 그렇네. 하하하! 묘한지고, 하하하!
묘하긴 뭐가 묘하겠나? 원래 내가 살던 본 고향이 아니냐?
하하하! 이것일세. 이곳은 풍요로운 가을철이라네. 이 자리에서 삼돌(三咄)*을 줘야겠네.

* 돌(咄)은 깨달음을 얻은 사람이 깨달음의 세계에 머물고 있는 자기 마음을 스스로 털어버리라고 자신에게 꾸짖는 말이다. 삼돌은 세 번 털어버림을 말한다.

한정된 충족

남의 살을 씹는 사람
남과 시비하는 사람
남에게 선심 쓰는 사람
이것이 충족인가 알 수 없네

외길 따라 산에 사는 사람
널따란 고속도로 따라 사는 사람
무엇이 바빠 비행기 타는 사람
이것이 해결인가 충족인가 알 수 없네

평화라는 빌딩을 짓는다는 외침
어인 일인가 삼천 년이 지나가네요
오늘은 어떤가 분단과 투쟁이 아닌가

나라는 것과 가족이라는 것과 친척이라는 것과
동지라는 것과 한민족이라는 것과 그 처지를 달리 이용하고
그도 부족하여 단체를 낳아서 힘이라는 것에
아! 이것이 충족인가 알 수 없네

할 수 없어 한마디하노라
가만 볼 수 없어 한마디하노라
자신을 아는 일이요
곧 그 일은 자신과 만상이 진리의 소생인 하나라는 원리이다
여기에 나와 네가 있느냐 평화도 시비도 필요 없다

산짐승을 잡아 그것의 살을 먹고 피를 마시는 행동은 잔인하다. 자신도 완전하지 못하면서 남의 허물을 비방하는 행위는 정직하지 않다. 세상은 그런 사람들로 가득 차 있다. 그런 사람들이 이 세상을 평화로운 세상으로 만들겠다고 큰소리 지르지만, 그 일은 처음부터 기초가 잘못된 일이라고 스님이 일침 놓는다. 그런 세상을 만들려면 먼저 자신부터 고쳐야 한다. 그것은 자신을 아는 일이다. 일찍이 그리스의 위대한 성자 소크라테스가 말했지 않는가. 너 자신을 알라!

짐승의 살을 씹어 먹으면서 맛있다고 하는 사람, 자기는 옳고 남은 틀렸다고 말하는 사람, 자신은 분에 넘치게 많은 돈을 가졌으면서 가난한 이웃에게 쥐꼬리만큼 베풀고도 착한 일 했다고 뽐내는 사람, 이것이 진정한 만족인지 알 수 없구려. 산속에 틀어박혀 평생 동안 세상일에 무관심한 사람, 자가용 타고 비행기 타고 동분서주한들 인생 문제가 해결될 것인가? 그렇게 사는 것이 진정한 만족인지 알 수 없구려. 평화로운 세상을 만들겠다고 외쳐대는 사람, 그들의 노력이 삼천 년 지나갔지만 아직도 세상은 갈라져 싸우고 있지 않는가? 끼리끼리 모여 종친회 · 동창회 · 향우회 등등 모임을 만들어놓고 힘모아 감투를 나누어 쓰고 있지만…….

아! 이것이 진정한 만족인지 알 수 없구려. 이런 세태를 보고 가만히 있을 수 없어 한마디한다. 자신을 알아야 한다. 자신을 알게 되면 자신과 만상이 둘이 아니라 하나라는 것을 알게 된다.

그러면 굳이 끼리끼리 모이지 않아도 될 것이다. 자신과 만상이 하나인 것을 태극(太極)이라 한다. 우리 조상들은 태극을 숭배하였다.

명월법어(明月法語)

밝기로소니
더 무슨 빛이 있으랴
내 집 일을 다 설(說)했으니

한 잔에 취한들
그게 무삼 일 있겠나이까
장부로 태어났음에
장부의 일을 했을 뿐이로소이다

능소(能所)를 차버린
향상일구(向上一句)여
하필 명월 눈앞에서만 그러랴
$9 \times 9 = 81$이요
돌(咄)

깨달음의 세계는 밝음의 세계이다. 그 밝음이 시간적으로 한이 없고 공간적으로 끝이 없다. 그래서 아미타불 부처님을 무량광불(無量光佛)이라고도 부른다. 밝음의 한(限)이 없다는 뜻이다.

해와 달보다 더 밝다. 해와 달은 구름이 가리면 어둡지만, 깨달음의 밝음은 가릴 것도 없다. 아무튼 밝기 때문에 해와 달에 부처님 이름을 붙여 일광불(日光佛), 월광불(月光佛)이라 부른다.

밝음에 있어서 깨달음의 밝음보다 더한 밝음이 어디 있으랴!
이 말 한마디면 깨달음을 다 말한 것이다. 스님의 이 설법은 간단하지만 더이상 보탤 것 없는 완벽한 설법이다.

내 집 일 다 말했으니
다시 말해서, 마음속을 속속들이 다 털어놓았으니 더이상 보여줄 것 없다. 한 잔에 취한들 그것이 무슨 상관 있겠느냐? 다시 말해서, 세상일 근심 걱정 다 벗어버렸다. 장부로 태어나서(여자로 태어나면 여장부) 해야 할 일 다 마쳤다. 이 세상에 태어나서 늙고 병들고 죽는 일을 해결하였다. 나는 영원히 산다.

능소(能所)를 차버린
다시 말해서 너와 내가 없는, 따라서 주관과 객관이 없어진, 아무 거침이 없는 평등한 세계.

향상일구(向上一句)여!

다시 말해서, 중생의 세계에서 바라보는 저 높은 깨달음의 세계와 내려다보이는 저 아래 중생의 세계(向下)가 다를 것이 없는 하나의 진리의 세계여! 하필 밝은 달만이 진리의 세계를 보여주나? 2×2=4, 9×9=81, 곱셈도 진리의 세계를 보여주는 게지.

돌(咄)!

스님은 진리의 세계를 마음에 두지 않고 마음으로부터 털어버린다. 첫번째, 깨달음의 세계에 머물고 있는 자기 마음을 털어버림이요, 두번째, 털어버렸다는 그 마음도 털어버림이요, 세번째, 두번째 마음도 털어버림이다. 그 무엇에도 머무름이 없는 허허탕탕(虛虛蕩蕩)한 마음이다. 참고로 스님의 법호(法號)는 관허(貫虛)다. 관허, 허공(虛空)을 꿰뚫는다[貫]는 이 말이 바로 그 무엇에도 머무름이 없는 허허탕탕함을 말한다.

좁은 소견

우린 허울 좋은 앞에서 조급증을 버립시다
해와 같이 커다란 망원경으로 보신다면
이 얼마나 수치인 줄 깨달을 것이외다

우린 벗이 있다고 말하지 맙시다
일생을 두고 영원을 두고 살아보신다면
참으로 동행인이 여자도 남자도 아닌 줄 깨달을 것입니다

우린 예로부터 결국은 홀로 떠나갑니다
그러나 멀리도 못 떠나면서
미래를 두고 이름을 남기고 이별합니다

우리 앞에 찬미자나 포악자가 있다고 합시다
이 둘은 스스로에게 주어진 대가올시다
그렇다면 당신네는 하나를 골라서 가져야 합니다
둘을 버리는 한통속으로 가야 합니다
묵연히 응답할 수 있는 걸음으로 걸어야 합니다

  부처님의 지혜는 크고 깨끗한 거울과 같아서 모든 것을 환히 비추어볼
수 있다. 그러한 지혜가 우리들에게도 본래 갖추어져 있다. 그것을 대원경
지(大圓鏡智)라 한다. 풀이하면 '크고 둥근 거울 같은 지혜' 다. 수행을 통해
우리의 마음이 맑아지면 우리 마음 가운데 본래 갖추어져 있는 크고 둥근
마음의 거울이 드러나는 것이다.

  대원경지로 본다면 세상의 모든 것들은 잠깐 지나가는 꿈이요 헛것이요
이슬이요 안개와 같은데, 그것들 앞에서 허겁지겁 조급하게 살고 있으니
얼마나 부끄러운 일인가? 우리가 마음을 깨쳐 영원을 눈앞에 훤히 보면서
일생을 살아갈 수 있다면 우리의 진정한 동반자는 친구도 남자도 여자도
아닐 것이다. 진정한 동반자는 영원한 세계다.

  인생은 홀로 와서 홀로 떠난다. 그러나 영원을 볼 수 있는 대원경지로 보
면 가는 것도 아니고 오는 것도 아니며, 과거도 미래도 없는 바로 이 자리
가 영생의 세계인데 쓸데없이 이름을 남겨두고 떠나려 하는가?

  당신 앞에 당신을 칭찬하는 사람도 있고 당신을 괴롭히는 사람도 있을
것이다. 그러나 그것은 인과응보(因果應報)로서 당신 스스로 받은 대가다.
그렇다면 당신은 하나를 선택해야 한다.

  그 하나란 두 사람을 다 버리는 것이다.

  모두가 하나가 되는 세상을 선택해야 할 것이다.

  모두가 하나가 되는 세상으로 말없이 걸어가야 한다.

보시오

밝은 달 뚜렷하니
세상은 광명천지
가는 곳곳마다
환희의 장엄국토
부처부처 선신들은
진실설법 낭랑해라
무슨 소원 있겠는가
등등무애(等等無碍) 이 아닌가
가가(可可) 하하하
소(笑)

업장이 두꺼운 사람들은 평생을 수행에 전념할지라도 도를 얻기 어렵다고 하는데, 스님은 홍안소년이던 열여덟 살에 도를 깨쳤다고 한다. 실로 경이로운 일이 아닐 수 없다.

업장의 검은 구름 걷히고 깨달음의 세계가 뚜렷하니 세상은 온통 광명천지. 깨닫기 전에는 곳곳이 괴로움의 세계였는데, 깨닫고보니 가는 곳곳마다 즐겁고도 아름다운 부처님의 세계다.

깨닫기 전에는 새소리, 물소리 따로였는데 깨닫고보니 새소리, 물소리가 다 부처님과 여러 선신들의 설법이다.

그런 세계를 얻었으니 따로 무슨 소원이 있을까? 막힘 없는 자유천지가 이 아닌가?

즐겁다. 하 하 하 웃음이 절로 나네.

아는가, 그대여 사랑을

사랑이 뭐냐고 물으신다면
사랑이 사랑이라고 말하겠지요
사랑이 뭐냐고 물으신다면
예전엔 몰랐던 정(情) 처음 느낌이지요
사랑이 뭐냐고 물으신다면
자나깨나 오나가나 님 생각이지요
사랑이 뭐냐고 물으신다면
삼백육십오일 오뚝이라고 말하겠어요
사랑이 뭐냐고 물으신다면
속속들이 깊이깊이 흐르는 물이지요
사랑이 뭐냐고 물으신다면
행여행여 내 가슴 졸이게 함이지요
사랑이 뭐냐고 물으신다면
내 모든 걸 줄 수 있다고 말하겠어요
사랑이 뭐냐고 물으신다면
심신을 바쳐서도 부족함이 있다 하겠
어요
사랑이 뭐냐고 물으신다면
항상 돌아가는 시계라고 말하겠어요

사랑이 뭐냐고 물으신다면
그림자와 같이 가는 동행자이지요
사랑이 뭐냐고 물으신다면
화창한 봄날에 활짝 핀 꽃송이지요
사랑이 뭐냐고 물으신다면
영원한 영원한 약속이지요
사랑이 뭐냐고 물으신다면
생사를 같이하는 동행자이지요
사랑이 뭐냐고 물으신다면
오로지 변함없는 외길이지요
사랑 사랑 사랑 하니까
피어오르는 운무(雲霧)처럼 말이오
그러기에 아침햇살과 같이
전 우주에 서광을 주듯이
평등이라고 말하기 이전을
노래하는 순수한 사랑 말이오
감정과 이성을 섞어서는 아니 되오
처음이자 마지막으로 오롯이
한 사랑으로 일관하시구려

그런 사랑은

무정물(無情物)과 유정물(有情物)이 하나가 되어

절대자로 독존(獨尊)함이라

최상의 고귀함을 간직하는

사랑을 할 수 있어요

그런 고로 자격증이 나와요

사랑이란 합격증 말이오

어둠이 올 때도, 밝음이 올 때도

적고 크고가 다 내 사랑이니

산하대지와

춘하추동이 스쳐가더라도

변함없는 것은

일치된 마음이 영원 앞에

늘상 웃음으로 대하듯 하는

사랑 말이오

말이 많은 사랑은

진실을 왜곡할지 몰라요

스님의 고귀한 사랑 설법이다. 이 사랑타령을 통하여 진정한 사랑이 무엇이며 깨달은 이의 사랑의 경계가 어떤 것인지 들려준다.

깨달은 사람에게 사랑이 무엇이냐고 묻는다면 사랑이란 그저 사랑일 뿐이며, 범부중생의 이해타산 없는 처음 느낀 신선한 감정이 사랑이며, 자나 깨나 부처님과 함께하는 것이 사랑이며, 삼백육십오일 오뚝이처럼 변치 않는 것이 사랑이며, 내 영혼 깊은 곳에서 흐르는 감로수 같은 것이 사랑이며, 중생의 불행 때문에 가슴 졸이게 하는 것이 사랑이며, 중생에게 모든 것을 줄 수 있는 것이 사랑이며, 모든 것을 다 주어도 오히려 부족한 것이 사랑이며, 시계처럼 잠시도 멈춤이 없는 것이 사랑이며, 그림자처럼 중생과 늘 함께하는 것이 사랑이며, 봄날의 꽃처럼 싱그럽고 향기로운 것이 사랑이며, 약속 이전에 약속되어 있는 영원한 것이 사랑이라 말한다. 그것은 오로지 생사를 같이하는 외길의 사랑이며, 운무처럼 부드럽고 흔적을 남기지 않는 사랑이며, 햇빛처럼 골고루 나누어주는 평등한 사랑이며, 평등이라고 말하기 전의 순수한 사랑이며, 감정과 이성조차도 섞이지 않은 순결한 사랑이며, 처음이자 마지막으로 베푸는 알찬 사랑이다.

그런 사랑은 청정한 수행의 물로 삼독 번뇌와 다겁의 업장을 씻어가며, 돌멩이나 물같이 감정 없는 것들[無情物]이나 사람이나 짐승같이 감정 있는 것들[有情物]이 하나가 되어 평등하게 보이는 깨달은 사람, 즉 절대자만이 간직할 수 있는 가장 고귀한 사랑이다.

그런고로 깨달은 사람은 그런 사랑을 할 수 있는 자격이 있다. 깨달은 사람에게는 밝을 때나 어두울 때나 크고 작은 것이 다 내 사랑이 된다. 그에게는 명암과 대소의 구별이 없기 때문이다. 그리하여 산하대지와 춘하추동이 스쳐가도 영원 앞에 한마음으로 미소지으며 모든 걸 사랑한다.

말이 많은 사랑은 진실을 왜곡할지 모른다.

나의 암송철학

내겐 천만의 군대를 이기는 힘이 있다
죽을 꾀를 다하여 공격하면 승부가 있지만
내가 나를 이기는 힘이 없으면
나는 모두에게서 패배자가 되느니라
주위를 경계하려고 하지 말고
오직 자기의 심신을 경계할 줄 알라
군대를 풀어 적군을 살피는 것보다
더 철저히 나를 지켜야 하느니라
내가 완전하면 이미 세상은
완숙하기 때문에
나를 배반하지 않는다

일찍이 부처님께서는 '천만의 적군을 이기기는 쉬우나 자신 한 사람을 이기기는 어렵다'고 하였다. 스님은 청정한 계율로써 자기를 지키고 죽을 힘을 다하여 정진하면, 그리하여 깨달음을 얻으면 세상을 얻는 정복자가 될 수 있다고 가르친다.

본래 나에게는 천만의 군대를 이길 수 있는 전능한 힘이 있다. 중생인 나에게 달려드는 온갖 마구니들을 죽을 힘을 다하여 싸우면 이길 수 있지만, 그런 힘을 쏟지 않으면 나는 세상의 낙오자가 되고 만다. 바깥 사정에 흔들리지 말고, 다만 나의 몸과 마음을 살펴야 한다.

나를 유혹하는 것들을 살피기 전에 먼저 나 자신을 철저히 지켜라. 문제는 나 자신이다. 내가 불완전하면 세상도 불완전하게 보인다. 내가 완전하면 세상은 이미 완전한 세상이 되어 있다. 내가 깨달음의 세상에 이르면 세상은 나를 배반하지 않는다. 오히려 나의 지배를 받는다. 쉽게 들리는 설법 같지만 그 속에는 스님의 오묘한 세계가 담겨 있다.

산정설화(山頂說話)

한 생각 돌아보니
옛이 오늘이네
청산이 물이 되고
물이 청산되는구려
문수동자 청의(靑衣) 입어
관음감로(觀音甘露) 여법하네

아이야 놀자꾸나
철따라 노래하세
천상도 무궁하고
지상도 낙원이네
어화, 시비 버려라
너나가 나네그려

스님의 「산정설화」 앞에서는 그만 넋을 잃고 감탄할 뿐이다. 마치 웅대한 광경을 눈앞에 두고 있는 사람처럼, 나의 삶이 백년에서 끝나지 않고 끝없는 시간 속으로 펼쳐진다. 아울러 우주만유도 무한한 공간 속에서 찬란하게 변화하고 있다. 이것보다 더 황홀한 광경은 없다.

한 생각 돌이켜보니, 즉 중생의 탁한 마음 씻어내어 깨닫고보니 옛날과 오늘이 구별이 없는 하나뿐이다. 중생들은 마음이 막혀 있어 옛날과 오늘을 구별하고 삶과 죽음을 구별하여 시끄럽게 떠들지만, 마음을 깨치면 고금(古今)과 생사(生死)의 구별이 없음을 알게 된다.

푸른 산과 푸른 물이 하나로구나! 근시안적인 사람은 태아와 엄마를 둘로 보지만 도인의 눈은 태아와 엄마를 하나로 본다. 눈이 좁은 사람은 산 따로 물 따로 보지만, 눈이 넓은 사람은 산과 물을 구별하지 않는다. 모든 것을 하나로 본다. 우주의 모든 것은 하나의 기운, 즉 불성(佛性)으로 되어 있다. 그 하나의 기운, 즉 불성이 잠깐잠깐 환경에 따라 모습이 바뀔 뿐이다. 팔당댐의 물과 서울 사람들의 피가 하나인 것과 마찬가지 원리다. 하나의 물이 환경에 따라 얼음으로, 눈으로, 구름으로, 비로, 이슬로, 안개로 잠깐 변해도 여전히 물은 물이다.

모든 것은 불성이다. 불성이 바로 부처님이다. 이렇게 알면 청산(靑山)은 바로 부처님 지혜의 화신인 문수동자가 푸른 옷을 입고 있는 모습이며, 녹수(綠水)는 바로 부처님 자비의 화신인 관세음보살의 감로이다. 이 세상이 바로 부처님의 자비와 광명의 세계다.

사람들아! 애태우고 슬퍼하고 걱정하지 말자. 지혜롭고 너그럽게 살자. 철 따라 노래하자. 산천의 변화하는 모습이 바로 부처님의 모습이고 천상천하가 영원한 낙원임을 알자.

어화, 시비 버려라. 너나가 나네그려

중생이 고통에 허덕이는 것은 다만 시비(是非)*를 벗어나지 못하기 때문이다. 행복한 가정을 갖고 싶은 보통 사람이나, 성현이 되기 위하여 수행하는 사람이나 우선 시비부터 버려야 함을 마음에 새겨야 할 것이다.

성자(聖者)란 누구인가? 너와 나를 구별하지 않고 상대방을 내 몸과 하나로 보는 사람이며, 우주만유를 내 몸으로 보는 사람이다. 스님의 「산정설화」 앞에서 우리는 서산대사의 임종게(臨終偈)**를 떠올리게 된다.

八十年前渠是我 八十年後我是渠
팔십년 전에는 너와 내가 따로이더니, 팔십년 후에는 너와 내가 하나로구려

* 옳다, 틀리다는 생각
** 죽으면서 남긴 시

박이차돈 법어

당신의 땅
온누리에
법음을 남기신 무언의 공왕(公王)

하늘이 감동하고
땅이 흐느끼는 날
지금 살아 있는 우리는
솔직히 감사드리나이다

부귀도 공명도 다 떨구시고
저 중생들을 위함이여
어찌할 수 없어 몸을 찢으시니
천지가 진동함이 아니었더냐

흰 피 솟구쳐 하늘에 닿았고
머리는 날아 백률산상에 가시니
세인아 지금도 시비하련가
오오! 이내 몸 공양하리

내사 삼계의 나그네지만
너희들 그냥 보고 지날 수 없어
이제 간곡히 부탁하노라
아집을 버려라 모든 무리들아

민족의 역사에 찬란한 문화의 꽃을 피운 신라의 불교, 그것은 우연한 일이 아닐 것이다. 모든 아름다운 결실에는 그것을 심고 가꾼 사람들의 피땀이 배어 있는 법이다. 우리는 그들의 피땀어린 자취를 못 본 체해서는 안된다. 들여다보아야 할 것이다.

알다시피, 당시 신라 조정의 신하들은 불교를 이해하지 못하고, "만일 불교가 퍼지면 나라가 망할 것이라"고 왕에게 우겨대면서 불교를 극구 반대했다. 그때 습보 갈문왕의 왕자로서 법흥왕의 신하였던 이차돈이 목숨을 걸고 불교를 받들겠다고 하여 드디어 목을 바쳤다. 망나니가 이차돈의 목을 베자 그의 목에서 흰 피가 솟아오르고 천지가 캄캄해지고 하늘에서는 꽃비가 내렸다. 그의 머리는 공중으로 솟구쳐 산꼭대기에 떨어졌다. 이 광경을 목격한 신하들은 벌벌 떨면서 더이상 우기지 못하고 불교를 받아들였다. 후에 사람들은 그 산꼭대기에 절을 지었다. 이것은 이상한 일이 아니다. 우리는 역사에서 이러한 종교적인 기적을 얼마든지 보아왔다. 어찌 종교뿐이랴! 정성이 지극하면 기적은 얼마든지 일어난다. 그래서 지성이면 감천이라 하지 않던가!

지금 스님은 이차돈에게 당신의 목숨이라도 바치고 싶을 정도로 감사드리면서 예나 지금이나 자기 고집을 버리지 못하는 사람들을 한탄한다.

당신의 신라땅 방방곡곡에 부처님의 거룩한 가르침을 남기신 말없는 임금님. 옥졸들이 당신의 목을 베었을 때 하늘은 꽃비를 내리면서 감동하고 대지는 캄캄하여 울었습니다. 그 은혜로 불교를 알고 있는 천년 후손인 우리는 진심으로 감사드리나이다.

왕자로 태어나서 부귀공명 누릴 수 있었건만 어리석은 중생들을 위하여 목숨을 바쳤으니 천지가 진동하지 않았던가? 흰 피 솟구쳐 하늘에 닿았고 머리는 날아 백률산 꼭대기에 떨어졌으니 세상사람들아! 이런 역사가 살아 있는데도 불교를 훼방하려는가? 자기 철학만이 최고라고 우기지 말고 남의 종교, 남의 사상도 알아보아라. 나야 이 세상에 잠깐 머물다가 떠날 사람이지만 보기에 너무 안타까워 한마디 간곡하게 말하고 싶다. 제발 자기 종교나 자기 생각만 최고라 우기면서 남을 비방하지 말고, 남의 종교나 남의 생각도 이해하려고 노력해야 한다. 그래야 겨레의 앞날이 평화로울 것이다.

기묘년 정초법어(己卯年 正初法語)

미진불(美珍佛) 미소에
시방(十方)이 춤을 춘다
진흙소 일을 할 때
저 조사(祖師) 꾸짖는구나

큰 숫자 드러내니
0상(零像)이라 했던가
어 · 허 · 허 그만하라
보고(寶庫)가 노출된다

시방(十方)이란 열 가지 방향인데, 동서남북 네 방향과 그 사이가 넷, 그리고 상하(上下) 두 방향을 합친 것으로, 어디고 막힘 없이 뻥 뚫린 무한한 공간세계를 말한다.

미진불(微塵佛)이란 공간 세계를 가득 채우고 있는 모든 존재를 말한다. 존재하고 있는 것들이 작은 티끌(微塵)처럼 많기 때문이며, 또 도인의 눈에는 모든 존재가 부처님으로 보이기 때문이다. 내 마음이 부처의 마음이 되면 모든 존재가 부처님이 된다. 내 마음이 슬프면 모든 것은 슬픈 대상이 된다. 확실히 그런 것이다. 그래서 세상에는 정해진 것이 없다. 다만 마음따라 달라진다. 아니다. 깨닫고보면 모든 것은 마음이 만들어낸다. 그래서 일체유심조(一切唯心造)*다.

거짓된 마음을 깨끗이 씻어내고 저 깊은 진실의 한복판에서 눈뜨고보니, 돌이며 풀이며 구름이며 더러운 것이며 그 모든 것들이 부처님이 되어 저마다 미소 지으면서 진실을 노래하고 있다. 아울러 시방세계가 덩달아 춤을 추고 있다. 이 얼마나 장엄한가! 한없이 아름답고 즐거운 세상이 아닐 수 없다.

그 자리에서 보면 모두가 하나이다. 마음먹기에 따라 하나가 된다. 진흙으로 보면 모두가 진흙이요, 돌로 보면 모두가 돌이다. 소로 보면 모두가 소이고, 사람으로 보면 모든 것이 사람이 된다. 그야말로 일체유심조다.

이 아름다운 세상 모습을 보지 못하고 사람들이 겨우 백년이나 살겠다고 논에서 진흙을 뒤집어쓴 소처럼 힘들게 살고 있으니 깨달음을 성취한 스님은 꾸짖고 싶은 것이다. 가련하기 짝이 없어 울고 싶은 심정이다.

그러나저러나 이 장엄한 세계를 숫자로 드러내자면 그것은 영(零)이 된다. 그곳은 티끌 하나 없이 맑고 한가한 세계이기 때문이며, 우리가 본래 나왔던 자리며 또 우리가 다시 돌아갈 자리기 때문이다.

사람이 죽었을 때 '돌아가셨다'고 하는 것도 그 자리다. 스님은 웃는다. 더이상 보여줄 게 뭐가 있겠는가? 그만두자. 진리의 보따리[寶庫]를 지금 다 털어놨지 않느냐?

독자들도 스님의 이 법어를 가슴에 담고 고요한 장소에 앉아 깊이 묵상하면 반드시 큰 기쁨을 얻을 것이다.

* 모든 것은 다만 마음이 만들어낸다

동시성불

一步不離圓覺場
頭頭塵塵金色光
大昧一日好時節
萬歲太平無碍歌

한 발짝 옮기지 않아도 원각도량일세
머리머리와 티끌티끌이 금색의 광명이네
대정삼매여! 나날이 좋은 시절에
만년토록 태평하니 무애가(無碍歌)*를 부르세

* 원효스님이 지은 누구나 알아들을 수 있는 불교 노래

이 법문은 스님이 1991년 8월 미국에 건너가 뉴욕 원각사에서 행한 법문이다. 동시성불(同時成佛)이란 우리 중생들이 수도하여 장차 어느 날 다같이 부처가 되겠다는 바람이 아니다. 사람들뿐만 아니라 천지 만물이 이미 부처가 됐다는 것이다.

억겁 전부터 그리고 억겁 후까지 이대로 다같이 부처로서 존재한다는 것이다. 그러므로 '성불합시다' 라고 인사하는 것은 인사는 되겠지만 진리는 아니다. 우리가 깨치지 못한 중생이기에 남을 중생으로 보는 것이지 깨친 사람들은 남을 부처로 보는 것이다.

한 발짝 옮기지 않아도 원각도량일세

원각도량이란 완전한 깨달음의 세계이며 우리가 가고 싶은 극락세계다. 그 세계가 아주 먼 곳에 따로 있는 것이 아니다. 바로 우리가 살고 있는 이 세계다. 따라서 한 발짝 옮기지 않아도 원각도량이라 한 것은 거짓말이 아니다. 예로부터 도인들은 이 세계를 떠나 깨달음의 세계를 찾는 것을 마치 토끼에게서 뿔을 찾는 것과 같은 어리석음으로 본다.

머리마다 티끌마다 광명일세

우리는 사람과 짐승이 다르고 물과 불이 다르다고 본다. 그야말로 천차만별하다. 그러나 도인들은 이 세계를 천차만별로 구분해 보지 않고 하나로 본다. 만물을 평등하게 본다. 도인의 세계는 광명의 세계기 때문이다. 그래서 스님은 머리마다 티끌마다 금색 광명이라 한 것이다. '내가 빛이요' 라고 한 예수님의 말이나, '이 몸이 광명이다(此身光明)' 라고 한 양명(陽明)*

의 말은 다 진리다. 금색 광명이란 노란 황금빛이 아니라 형언할 수 없이 밝은, 이 세상의 어떤 빛도 맞대면 빛을 잃어버리는, 최고로 눈부신 광명이며 변치 않는 영원한 광명이다.

대정삼매(大定三昧)여 나날이 좋은 시절에

주목해야 할 경지다. 우리가 보기엔 이 세상이 시끄럽고 울고 웃기는 세상 같지만, 진리를 본 사람들의 눈에는 이 세상이 말할 수 없는 고요함, 그 자체다. 고요함이 영원히 계속된다. 그러므로 날마다 고요하고 밝고 평화로운데 무엇 때문에 울고 웃고 싸워야 하나? 극락 세계에 살면서 그 사실을 모르고 처절하게 슬퍼하고 처절하게 미워하고 처절하게 싸움질을 하고 있으니 스님의 마음이 답답하고 아파서 이런 법문을 한 것이다. 그러지들 말아라. 만년토록 근심걱정 털고서 서로를 부처님으로 받들며 평화롭게 살자.

◆ 뉴욕 원각사는 오법안 스님이 창건하였다. 법안스님은 1956년 직지사에서 스님이 되었다. 조계종 중앙종회 위원, 동국대학교 부총장을 지낸 후 미국 뉴욕대학에서 「원효의 화쟁사상 연구」 논문으로 박사학위를 받았다. 소승이 1992년 미국 펜실베이니아 대학 종교학과 교환교수로 가 있을 때 만나게 되어 형제의 언약을 맺었는데, 건강이 좋지 않은 그분을 도와 원각사를 중흥시켜야 한다는 마음만 있을 뿐 선뜻 나서지 못하고 있다. 경훈스님도 그분과의 교분이 두텁다.

* 유교의 대성인

하
나
의
길

하나의 길

당신은 가고 있습니다
나도 가고 있습니다
길은 하나의 길입니다

한 길로 여럿이 걸어갑니다
목적지는 물론 하나이지요

길은 길같이 걸어도 생각은 다릅니다
당신과 나
그래서 모양도 다릅니다
가보면 알 일을 가기 전에 반복합니다

당신은 가고 있습니다. 당신의 인생길을
나도 가고 있습니다. 나의 인생길을
길은 똑같은 길이겠지요

　인생길, 한 길을 여럿이 가고 있습니다. 목적지는 물론 하나지요. 마치 강물들이 제각기 흘러가지만 이르는 곳은 한 바다이듯이, 우리의 인생길도 마침내 깨달음의 바다에 이릅니다. 깨달음의 바다는 낙원이랍니다. 무슨 이유로 모든 사람들의 인생길이 궁극에는 깨달음의 바다인 낙원에 이를까요? 그 이유는 간단합니다. 사람들은 무지와 고통을 싫어합니다. 그리고 이것은 다만 깨달음을 통해서만 해결되기 때문입니다. 무지와 고통이 없는 세계가 깨달음의 세계입니다.

　사람들이 똑같은 길을 가고 있지만 제각기 생각이 다르고, 생각이 다르니까 행동이 다르고, 행동이 다르니까 제각기 운명이 다르고 모양도 맵시도 다르다. 그러므로 좋은 생각을 하면 좋은 행동이 나올 것이며, 좋은 행동은 좋은 운명을 만들 것이다. 깨달음의 바다가 낙원임에도 불구하고 왜 서둘러 가지 않고 게으름 피우면서 딴짓만 하다가 생사를 반복하면서 고해(苦海)를 벗어나지 못하고 있는가? 낙원에 가보면 너무 늦게 왔다고 후회할 것이다.

무념상(無念相)

알 수 없어요
당신의 깊은 진리를 나는 알 수 없어요

알 수 있어요
당신의 얼굴 표면에서 진리가 무엇인지 알 수 있어요

알 수 없고
알 수 있는 것은
나의 차별이었어요
나는 당신을 알고
나는 나를 알 수 있어요

색즉시공 공즉시색(色卽是空 空卽是色), 이것은 『반야심경(般若心經)』의 핵심이다. 공(空)은 진여실상(眞如實相)인데, '진여실상' 이란 진실되고 변함없는 우주의 본질이다. 이는 인간의 이성을 초월한 실체(實體)이다. 지금 스님의 무념상(無念相)은 인간의 생각을 초월한 공(空)인 진여실상이다. '색즉시공' 이란 천지만물(色)이 바로 진여실상(空)의 얼굴이라는 말이다.

알 수 없어요

스님은 알고 있다. 그 진리의 맛을 알고 그 맛에 흠뻑 젖어 있다. 다만 그것을 인간의 언어로써 설명할 수 없다는 것이다. 진리는 언어를 형성하는 의식보다 더 높은 곳에 있기 때문이다.

알 수 있어요

왜냐하면 눈에 보이는 천지만물이 진여실상의 얼굴이니까.

진여실상을 '알 수 없다' 고 말하고 '알 수 있다' 고 말하는 것은 다 깨닫지 못한 사람의 차별이지, 깨달은 스님에게는 차별이 없다는 것을 알아야 한다.

나는 당신을 알고 나는 나를 알 수 있어요*

이는 깨달음의 핵심을 드러내는 말씀이다.

나는 당신을 알고, 다시 말해서 나는 진여실상을 알고, 나를 알 수 있어요, 다시 말해서 '참나' 를 알 수 있어요. 즉, 바로 내가 진여실상임을 알았습니다.

---

* 이는 대단히 중요한, 즉 깨달음의 핵심을 드러내는 말씀이다. 나는 진여실상을 알았습니다. 쉽게 말해서 내가 바로 진여실상임을 알았습니다. 그러므로, 깨달음이란 '나' 라고 하는 하찮은 존재를 개발하고 발전시켜서 인간의 이성을 초월한, 즉 초월자(超越者)요 절대자인 우주의 지배자에 다다름을 말한다.

행복한 발원

녹색 짙은 보리밭
아낙들이 소곤대는 아지랑이의 햇볕 아래
목축이는 쉴 참 달콤한 한 잔 술에
인생도 쉬어가봅시다

심산으로 뻗은 길
휘감아도는 맑은 물
겁(劫)으로 지켜온 자연 앞에
인생도 쉬며 살아봅시다

나는 영원으로 연결하는
님 생각뿐
요행히 허허로운 창공이 있음에
나라는 인생도 살아갑니다

우리의 삶은 왜 이렇게 조급한지. 어제도 오늘도 내일도 이렇게 쉴 새 없이 허덕이면서 살아야만 하는지. 기껏 백년도 못 채우고 빈손으로 가는 인생, 아니 빈손마저도 가지고 가지 못하는 인생인 것을 이렇게 아귀다툼의 진흙밭으로 만들어서야 되겠는가? 한 생각 돌려 마음을 비우면 이 세상이 그대로 낙원인 것을.

아지랑이 일어나는 봄날의 하늘 아래
여인들이 소곤거리면서 김을 매는 보리밭
여기가 천국이며 극락이랍니다
쉴 참에 목마르면 달콤한 술에 목을 적시고
여유 있게 낙원을 누리시구려

깊은 산사(山寺)로 넘나들던 길도 아름다웠고
길 따라 신비로운 정취가 감도는 맑은 물도 아름다웠습니다
억만 년 동안 버텨온 이 자연이 낙원이랍니다
조급하게 살지 말고 낙원을 누리시구려

영원히 살아 있는 부처님 세계만 간절하게 바라보면서
이 세상에 나와서 가진 것은 아무것도 없지만
그래도 허허로운 창공 있어
다행으로 알고 나의 인생 살아간답니다

돌아서 다시 돌아서

돌고 도는 물레방아
허송세월인가
맴도는 원형이여
인생도 만상(萬像)도 그랬네 그랬네

만들고 생각하는 것 따라
그 모습 색색(色色)이던가
춘하추동 연륜이여
웃고 슬프고 그랬네 그랬네

치부도 사치도 명예도 떠나
걸음걸음 남루한 도인이던가
원수 없는 한 생이여
그리고 뒤도 없이 그랬네 그랬네

불교는 그 내용이 매우 방대하고 어려운 종교이다. 인류의 큰스승인 석가모니 부처님께서 하루도 쉬지 않고 49년 동안 전해주신 말씀이 기본이 되고, 그 기본을 2,500여 년 동안 인도 · 중국 · 한국 · 일본 등 아시아의 많은 나라에서 무수한 천재들이 평생을 바쳐 연구한 내용이 불교니까 그럴 수밖에 없다.

그렇다면 불교의 기초는 무엇일까? 나는 윤회(輪廻)와 인과(因果)라고 말하고 싶다.

이 시에서 스님은 윤회와 인과에 대하여 그림처럼 곱게 그린다.

돌고 도는 물레방아 같은 인생살이. 무엇인가 이루어보자고 애태우고 땀 흘리며 살아왔건만, 돌이켜보니 다 허전하고 부질없는 일. 그저 세월만 허송했구려. 맴도는 바퀴처럼 돌아가는 인생살이. 천지만물도 맴도는 바퀴. 김가, 박가, 잘나고 못난 사람, 그의 몸으로 짓고 마음으로 짓는 원인에 따른 결과. 콩 심어 콩 거두듯, 선한 원인 심어 선한 결과를 얻는 이치로다. 그러면서 흐르는 세월 속에 희로애락(喜怒哀樂) 겪으면서 돌아가는 인생.

나이 열여섯에 출가하여 부귀도 명예도 버리고 헐벗은 몸으로 오로지 도(道)를 구하여 살아온 걸음걸음. 남은 것이라고는 한 사람의 원수도 없다는 사실뿐. 그러고보니 남겨놓은 것 없으니 뒤돌아볼 것도 없이 돌고 도는 세월 따라 한 생을 살아왔네.

원하는 마음

훤칠한 산정 위에
모시는 님 오시거든
헌화(獻花)하여 꽃을 꽂고
향을 피워 몸을 굽히오리

등성 깎아 한길 내서
생각키는 님 모셔다가
발원하여 변치 않고
이르신 말 입으로 읊사오리

전당 하나 지어놓고
모시는 님 선신들과
외롭더라 신비함이여
법공양 뜻으로 듣사오리

깨쳤다는 것은 무엇을 깨쳤다는 것인가? 자신이 바로 부처이며 조물주라는 진리를 깨쳤다는 것이다. 그러므로 큰 깨달음을 확실하게 얻은 스님은 모실 수 있는 부처님이 따로이 있을 수 없다. 그러면 도인은 부처님을 모시지 않는가? 그렇지 않다. 보통 사람들과는 비교할 수 없는 정성으로 모신다. 미천한 한 중생을 가르쳐서 부처님과 동등한 자리에 오르도록 해주신 자비를 확실하게 알고 있기 때문이다. 말하자면 자신이 부모가 되어봐야 부모님의 은혜를 확실하게 알 수 있는 것과도 비슷하다. 지금 스님은 그러한 심정일 것이다.

높은 산꼭대기에 오르면 산 아래 세계가 훤히 보이듯 깨달음의 세계가 훤히 굽어 보이는 깨달음의 정상에서 키워주시고 가르쳐주신 우리 부처님 오시면 꽃다발 차려놓고 향을 피워놓고 허리 굽혀 모시렵니다.

부디 편히 오시도록 산등성 깎아 큰길 만들어, 그 은혜 잊지 못할 우리 부처님 모시렵니다. 맹세하옵니다. 부처님께서 일러주신 말씀 자나깨나 외우겠습니다. 깨달음의 꼭대기에 부처님 모실 집 지어놓고 많은 착한 신들과 함께 살고 있는데 이런 삶을 세상사람들이 몰라주니 저는 외롭습니다.

아! 신비롭습니다. 부처님의 가르침(법공양)으로 듣겠습니다.

누가 오실까

누가 오실까
색동 치마저고리
행주치마 입고
살며시 미소 짓는 이가 오실까

누가 오실까
어깨와 가슴에 훈장을 달고
위용이 당당한
장수가 오실까

누가 오실까
만인의 스승
책과 붓을 들고
점잖은 거동으로 오실까

누가 오실까
덕상이 원만하여
복덕이 겸전한
세존(世尊)께서 오실까

부처님의 거룩함을 열 가지로 보아 따로 부르는 이름이 있다.

첫째, 여래(如來) – 이 세상에 진리를 보여주기 위하여 오신 분

둘째, 응공(應供) – 이 세상과 천상으로부터 공경(恭敬)을 받으실 분

셋째, 정변지(正徧知) – 그의 지혜가 우주를 덮고 있는 분

넷째, 명행족(明行足) – 모든 신통을 행할 수 있는 분

다섯째, 선서(善逝) – 틀림없이 열반의 세계에 들어가신 분

여섯째, 세간해(世間解) – 세상의 모든 일을 다 알고 계시는 분

일곱째, 무상사(無上師) – 세상에서 가장 위대한 스승님

여덟째, 조어장부(調御丈夫) – 아무리 억센 사람도 잘 다스릴 수 있는 분

아홉째, 천인사(天人師) – 인간세상뿐만 아니라 천상세계에서도 스승인 분

열째, 불세존(佛世尊) – 세상에서 가장 존귀하신 분

이 노래는 이처럼 거룩하신 부처님을 기다리는 마음이리라.

최상미소(最上微笑)

웃어요
너털웃음도 아니요
또는 희비의 웃음도 아니요
오직 허허하게만 웃어요

웃어요
너랑 나랑 둘 다 털고
영원의 약속도 버려버린 웃음을
항상 미소짓듯 웃어요

웃어요
전체로 통하여
하나가 아닌 상태 속의 웃음을
거울 앞에 여유 있게 웃어요

웃어요
눈 · 코 · 입 · 얼굴
모두가 없이 오직 둥글게만 웃어요

우리가 수도하는 목적은 행복을 누리기 위해서다. 사람들은 부자가 되려고 목숨걸고 기를 쓴다. 그러나 참다운 행복이란 물질에 있는 것이 아니다. 소크라테스는 세 사람이 살기에도 좁은 집에서 살았고, 석가는 왕의 자리도 버리고 눈 쌓인 산[雪山]에서 수도하였다. 요즘은 스님 아닌 일반사람 가운데서도 절을 찾아 수도하는 사람들이 많은데 참으로 다행스런 일이다. 그래서 스님은 이 시를 통해 초보자가 수도하여 깨달음을 얻게 되는 과정을 아주 쉽게 설명해준다. 참으로 고마운 말씀이다.

눈을 지그시 뜨고 — 혹은 감고 — 수도할 때 마음이 평화롭고 맑아지면 그 사람의 얼굴은 저절로 웃음을 머금게 된다. 그 웃음은 너털웃음도 아니고 즐거움의 웃음도 아니다. 온 우주가 텅 비어 있다는 깨달음에서 오는 웃음이다. 이 웃음 가운데서는 너도 잊고 나도 잊고 너와 나를 동시에 잊게 된다.

아, 우주의 생명은 영원하구나! 그 생명이 바로 나로구나. 이제껏 이것도 모르고 살아왔구나 하고 확실히 깨닫는다. 그런 다음 그 깨달음을 마음에서 지워버린 채 그 상태를 그대로 유지해야 한다. 이 웃음 가운데서는 우주만물이 꼭 쥔 주먹처럼 한덩어리임을 확실하게 알게 된다. 그 한덩어리마저도 인정하지 말고 그냥 거울처럼 맑은 가운데서 여유롭게 그 상태를 계속 지켜라.

깨달음이라는 것이 이런 걸까 저런 걸까 초조해하지 말라. 어느 순간 눈·코·입 등 내 몸이 본래부터 있지 않았구나, 하는 확신이 서면서 내 몸이 없음을 훤히 보게 된다. 이렇게 수도하면 한 소식을 얻게 될 것이다. 이러한 과정을 통해 가련한 중생인 내가 위대한 성자로 다시 태어나는 것이다.

후회 없는 길

가시는 길이 멀더라도
우린 후회하지 맙시다
산천에 꽃들이 피어 있지 않습니까

가시는 길이 한적하더라도
차라리 잘되었다고 말해둡시다
보세요, 저 소리는 절망에 가깝도록
한없이 괴로운 애통의 소리입니다

가시는 길이 늦다고 재촉하지 맙시다
무한한 행복은 원근이 없사오니
어찌 외로워서 고적하다 하리요

그대 행복은 그대 생각이오니
노력과 인내와 웅지가 있으시다면
선녀가 부르는 노래가 아니더라도
낙원의 침실에서 살아갑니다

인생의 운명적인 아픔 가운데 하나는 이별의 아픔일 것이다. 부모, 형제, 처자식뿐만 아니라 우리가 사랑하는 모든 사람들과 언젠가는 반드시 이별해야 한다는 사실을 우리는 알고 살아야 한다. 결국 인생은 홀로 와서 홀로 떠나는 외롭고도 슬픈 행로다.

스님은 이처럼 애통한 인생의 아픔을 근원적으로 없애기 위해서는 다만 마음을 닦아 깨달음을 얻어야 한다고 일러준다. 깨달음의 세계는 무한한 행복의 세계이며, 그 세계는 멀고 가까움이 없이 바로 우리가 발 딛고 서 있는 이 땅이니, 길이 멀다고 재촉할 것도 없다.

행복을 원한다면 우리의 인내와 노력을 바쳐서 그 세계를 찾으면 되는 것이다. 그 세계의 모든 소리는 진리의 아름다운 노래 — 선녀의 노래 — 이며, 설사 그 노래가 없더라도 그 세계는 포근한 침실 같은 낙원일 것이다.

어데 있소 그대여

많은 꽃들이 피어서 즐비할 때
구경 간 나그네의 도취가 아니라
천생연분에서 지켜온 그대 얼굴이여

나의 하루를 온통 빼앗아
나의 입으로 오색 무지개 길로만 통하게 하여
어느 양지 쪽에 앉아 보던 그대 맵시여

저녁 노을이 짙은
양떼들만 산을 지키는 초원에
오작교의 사연과 같은 그대, 간절한 그대여

삶을 열어가는 넓은 세상 앞에서
로고스의 절세 미인일지라도
그대 내놓기는 싫어지는 그대여

그대여!
향불을 피우는 사이사이
한 생각으로 타오르는 눈망울을 보여다오

도대체 스님들은 무엇을 얻고자 세상의 즐거움을 내던지고 수행하는가? 견성(見性)하기 위해서다. 풀이하면 본래 가지고 있는 성품을 보기 위해서다. 이를 다른 말로, 자성(自性)·본래면목(本來面目)·진여(眞如)·공(空)·청정심(淸淨心)·불성(佛性)·주인공·부처·참나 등으로 부른다.

견성하기 위해서는 이것저것 즐비하게 널려 있는 세상의 쾌락에 도취해서는 안 된다. 오로지 하늘의 명령으로 알고 견성하는 일에만 몰두해야 한다.

자성(自性)이여, 당신은 하루종일 함께 있어도 조금도 싫증나지 않는 맑고 부드럽고 수줍은 처녀여. 당신과 양지 쪽에서 함께 있으면 나의 입은 온통 무지개 같은 아름다운 말로만 당신과 통합니다.

당신은 노을진 초원 순한 양떼들이 노니는 아름답고 평화롭고 자유스런 땅입니다. 나는 당신을 결코 쉽게 만난 게 아닙니다. 직녀를 만나려는 견우의 간절한 기다림이 있었습니다.

그대 나의 자성이여,

나에게는 넓은 세상 어떤 미인도, 설사 로고스가 만든 절세 미인일지라도 그대말고는 싫습니다. 향불 피우고 기도하는 나의 순수한 눈망울로 일편단심 변함없는 당신의 눈망울을 보고 싶습니다.

이 달빛 아래서

밝아라
그이 얼굴인 듯
내 맘 속에 비친 달아

이래 봐
그이 얼굴
저래 봐
그이 얼굴
곳곳에 산발한 달아

수줍어
말 않는고
면사포 막 걷은 환한 면모

나는 서 있네
동상처럼
바위가 뇌까리는
속말을 들으며

깨달음을 얻은 스님의 마음에는 달이 뜨지 않아도 달이 떠 있다. 나무에도 달이 떠 있고, 바위에도 달이 떠 있다. 물건마다 곳곳마다 달이 떠 있다. 우리도 어서어서 깨달음을 얻도록 하자.

달아! 밝기도 하다. 내 마음속에 차 있는 부처님 세계처럼 밝고 고요하구나! 물건마다 곳곳마다 밝고 고요하도다. 수줍은 듯 말은 없지만 면사포 걸어올린 신부의 얼굴처럼 분명하구나! 나는 동상처럼 움직이지 않고 서 있다. 깨친 사람의 몸은 그의 육체를 넘어 깨달음 그 자체기 때문이며, 깨달음의 세계에서는 모든 것이 고요함을 지키고 있기 때문이다. 그 세계에서는 바위도 진리를 말한다.

어찌 바위뿐이랴!

만물이 진리를 말하고 있다. 그리고 깨친 자만이 그들의 말을 들을 수 있다.

달래는 마음

푸른산 저 앞 기슭
운애가 끼었는데
기다리는 어귀엔
빤한 길 초조해라

오늘 하루토록
지루하던 낙숫물
백로가 날으는 강물엔
수심도 어리어라

도랑물 숨죽이고
솔바람 얄랑일 때
간간이 푸념 털어
무한길에 들리라

연화장(蓮華藏)세계를 줄여서 화장세계라 한다. 일체의 인생고(人生苦)를 벗어버린 해탈세계이며, 바로 극락세계다. 이러한 좋은 세계가 어디에 있는가? 바로 우리들의 마음에 있다. 바로 우리들의 마음이다. 다만 우리들의 마음이 애욕과 망상*으로 덮여 있어 그 세계 안에 살고 있으면서 모르는 것이다. 마치 눈먼 사람이 밝은 세상을 보지 못하는 이치와 같다. 눈이 멀었기 때문에 길을 몰라 이리저리 부딪히고 넘어지고 상처를 입으면서 사는 것이다.

스님은 우리들을 안타까워한다. 마치 우리가 맹인들을 보고 안타까워하듯이. 그리고 이 어두운 세상에서 눈 밝은 사람을 만나려고 육십이 넘도록 동서남북으로 찾아보건만 만나지 못해 스스로 마음 달래면서 살아가고 있다.

우뚝 솟은 푸른 산처럼 맑고 깨끗한 자성을 누구나 가지고 있지만, 사람들의 마음이 애욕과 망상으로 부옇게 가려져 있구나. 밝은 눈에는 바른 길이 보인다. 혹시 그 길로 오는 사람이 있나 하여 기다리는 마음 초조하기만 하다. 오늘도 종일 기다리건만 눈 밝은 사람은 나타나지 않고 지루하게 내린 비에 낙숫물만 떨어지고 백로가 날고 있는 강물은 백로를 바로 비추지 못하고 빗물에 더럽혀져 물속에서 어른거린다. 마음이 맑아지면 조용히 흐르는 도랑물 소리도 화장세계의 노래이고 비바람에 흔들리는 소나무도 화장세계의 춤이건만. 이것을 아는 사람이 내 곁에 없으니 불만스러워 푸념만 나온다. 나 혼자서라도 화장세계에서 살리라.

* 잘못된 생각들

미친 키스

돌이여
돌이시여
아무데나 편안히 앉아 계시는
돌 돌 돌이시여

만년토록 다물었던 순결로써만
통하는 부드러운 입술에
오늘 방랑자로 하여금 키스하게 합니다

내가 미친 듯이 키스할 때는
돌이여
그대 속심은 어떠하온지
하나로 일치하는 길목에 서서 합장합니다

고금을 묵살하는 돌이시여
유무정을 놓고 냉담 아닌 눈짓처럼
꾸준히 연민하시는 정리를 못 잊어
그대 앞에 나는 미칠 것만 같은 키스를 합니다

이곳저곳에 흩어져 깔려 있는 돌멩이를 집어들고 미친 듯이 키스한다면 보는 사람들은 '미친 키스'라고 깔깔대며 비웃을 것이다. 그러나 그렇지 않다. 진리를 발견한 사람에게는 그렇지 않다. 한없이 깊고 고요한 마음자리에 흔들림 없이 앉아 있는 사람에게는 돌이 돌로 보이지 않는다. 바로 내 몸이며 나의 아내이며 나의 자식이며 나의 형제이며 나의 친구인 것이다. 돌멩이나 내 몸이나 한치의 차이도 없는 똑같은 진리의 표현체이기 때문이다. 왼쪽 다리나 오른쪽 다리가 둘 다 내 몸이듯 길바닥에 누워 사람들의 발길에 차이는 돌멩이나 조상님들 묘 앞에 서 있는 비석이나 둘 다 한몸임을 발견하게 된다.

어찌 돌멩이뿐이랴? 기어가는 벌레도 미운 원수도 모두가 소중한 내 몸이며 다 같은 친구며 형제다. 이 사실을 발견한 사람들은 천지만물이 미칠 듯이 반가워진다.

돌이여! 풀이여! 흙이여!

아무 데나 널려 있는 돌이여! 풀이여! 흙이여!

당신들은 억만 년 동안 순수함을 지켜온 진리의 화신들입니다.

그것도 모르고 어두운 세상에 떠돌며 살다가 오늘에야 알았습니다. 반갑습니다. 우리 함께 키스합시다. 내가 미친 듯이 키스할 때 당신들 속마음은 어떠합니까? 당신들도 아시지요? 우리 모두가 하나라는 진리를……. 나도 우리 모두가 하나라는 진리 앞에 두 손을 모읍니다. 진리의 몸인 돌이여! 이 세상 모든 것들이여! 진리에는 옛날과 지금이 따로 있을 수 없습니다. 생물이나 무생물[有無情], 우리 다 같이 그리워서 연민하는 형제였으며 연인이었지요. 그래서 나는 천지만물을 붙잡고 미친 듯 키스합니다.

님 앞에 침묵

영원을 감싸안은
당신의 자태에
나는 침묵으로 일관할 수밖에 없는
깊은 믿음이 있었기에
당신 곁에
묵중한 침묵이 있을 뿐입니다

당신은 생명으로 항상 화하시니
그 얼마나 자비와 광명과 인내로
그 모두를 어루만지시는
태산 같은 모성애(母性愛)인지라
나는 고금을 통하여
당신의 속마음을 믿을 뿐
오늘도 세간이 몰라주더라도
변명할 필요 없이
묵중한 침묵을 좋아합니다

살면서
어떤 위치와 명예와 지위를 소유하는
그런 것에 마음을 주는 것보다
지족(知足)을 배워가며
항상 당신 주위를 맴돌며
일상 생활의 수행자로 있음이
큰 위안이 되기에
당신 곁에서
나는 더 할 말이 없는 바보가 되어
침묵일 수밖에 없는
허허탕탕한 채
당신에 대한 믿음으로
견줌이 없는 사랑으로 침묵합니다

언젠가
모든 성인이 회합(會合)하실 때
맨 끝자락에 앉아 미소짓는
당당한 여유로 응시하며
관용의 마음으로만 있고 싶은 심정은
나의 마지막 소원입니다
그러기에 만용과 조급함과
어떤 채찍도 필요 없는
느슨한 생각이 있기에
묵중한 침묵으로 내 인생의
말로(末路)에도 침묵을 금으로
생각합니다

누가 나를 채점한다면
큰 허공과 작은 허공이
하나가 된
空의 절대자로서
자유와 해탈로 풀어주는
$9 \times 9 = 81$의

정당성을 외우는 자거나
$5 + 10 = 0$이라는
숫자풀이를 아는 자가 있다면
나는 그런 자에게 채점받고자 하는
작은 소망은 있기에
그런 날을 기다리며
묵중한 침묵을 하나봅니다

침묵으로 일관하는 눈은
일행삼매(一行三昧)가 그립고
그리고 여여(如如)함이 좋아서
세상사 야합할 아무런
이유가 없기에
침묵을 더욱 좋아합니다

영원을 감싸안은 채 침묵으로 일관하시는 부처님, 당신을 믿고 당신 곁에 있는 나 또한 묵묵히 침묵할 뿐입니다.

항상 살아 계신 부처님, 자비와 광명과 인내로 모두를 어루만지시는 당신의 태산 같은 모성애, 고금을 통하여 변치 않는 당신의 속마음을 믿고 살아갑니다. 당신만을 믿고 살기에 때로는 외롭고 오해도 받습니다만, 나는 그저 침묵하고 삽니다.

그렇게 세상의 명예나 지위 따위엔 마음 멀리하고 스스로 만족을 배워가며 살아갑니다. 항상 당신만을 생각하면서 그날그날의 일을 수행으로 여기는 것을 큰 위안으로 삼습니다. 늘 당신 곁에 있다보니 나는 할 말이 없는 바보가 되어 허허탕탕한 빈 마음으로 세상에서 오로지 당신만을 사랑하고 의지하며 살아갑니다.

그러나 부처님, 이 바보에게도 하나의 소원이 있습니다. 언젠가 모든 성인이 모일 때 그 자리의 맨 끝에 앉고 싶습니다. 하지만 그 자리에 앉기 위해 억지와 만용을 부린다거나 조급해지지는 않겠습니다. 다만, 난 언젠가 그런 날이 오리라 믿습니다. 이 세상에서 가진 마지막 소원이 이루어지리라 믿습니다. 그날이 오면 나도 당당한 여유로 미소를 머금고 성인들과 마주볼 수 있겠지요. 그러므로 내 인생의 말로에 그날을 맞이하기 위해 은근과 침묵을 금(金)으로 여기렵니다.

누가 그날 이 바보 같은 나를 채점할까요?

좋고 싫은 것, 크고 작은 것에 마음이 걸려 있는 사람, 큰 허공과 작은 허공을 구별하는 사람은 안 되겠지요. 완전한 깨달음을 성취한 절대자, 거침이 없는 대자유인이자 해탈한 사람에게서 평가받고 싶습니다. 그런 사람이라면 이 바보를 평가할 수 있을 것입니다.

　그런 사람은 $9 \times 9 = 81$이라는 생멸(生滅)의 세계, 즉 현상세계를 알 수 있으며, $5 + 10 = 0$이라는 진여(眞如)의 세계, 즉 공(空)의 세계도 알 수 있을 것입니다.

　아, 그런 사람에게 평가받고 싶습니다.

　그런 날을 기다리면서 침묵 속에서 눈뜨고 앉아 흔들림 없는[如如] 삼매(三昧)에 드는 것이 좋고, 또 그 삼매가 오래 지속되는 것[一行三昧]이 좋습니다. 이것말고 세상에 기댈 낙(樂)이 무엇이 있겠습니까?

격외일로(格外一路)

고금도 아닌
외길로 왔습니다
고금도 아닌
외길로 갑니다

토불당(土佛堂) 뜨락엔
석등(石燈)이 졸고
냇물은 유유히
법담(法談)을 실토합니다

지금도
천백억광명불(千百億光明佛)
향연(香煙)은
적연(寂然)을 읊으옵니다

눈귀가 명명(明明)한
선지자(善知者)여
충천하는 호통소리를 듣는가?
돌(咄)이로다

옛날에도 지금도 한결같이 구도자로서의 한길만 밟고 살아왔으며, 앞으로도 그 길만 밟고 살아갈 것입니다.

흙으로 된 불당 마당에서 석등은 졸고

스님의 세계는 우리의 세계와는 전혀 같지 않다. 그곳에는 죽어 있는 것이 하나도 없다. 모든 것이 살아서 나름대로 활동한다. 석등은 한낮에 졸고 있고 냇물은 유유히 법담(法談)을 토해낸다. 깨달은 사람의 세계는 부처가 따로 없고 법담이 따로 없다. 모든 소리가 진리의 말이며, 모든 것이 광명으로 된 부처님이다. 그래서 만상을 천백억광명불(千百億光明佛)이라 한 것이다. 스님의 세계는 고요한 세계, 다른 말로 적연(寂然)세계인데, 그 사실을 누가 알려주는가?

유유히 흐르는 냇물이 알려주고 피어오르는 향연이 알려준다. 만상이 하늘이 놀랄 정도의 큰소리로 알려주고 있건만, 눈멀고 귀먹은 중생들이 알아듣지 못하고 있으니 안타까운 노릇이다.

어허! 돌(咄)이로다.*

* 독자들은 '돌'이라는 스님 말씀을 경청해야 할 것이다. 한마디로 말해서 깨달음의 세계는 무언무심의 세계다. 말도 없고 생각도 없는 그 세계를 이러쿵저러쿵 말씀으로 들려주었다. 이제 그 말없는 세계로 다시 돌아오면서 스님이 자신에게, "내가 왜 부질없는 말을 하고 있는 거야!" 하고 스스로를 책망하고 있다. 깨달았다는 생각마저도 털어 없애는 말이다.

그리워 그리워서

따르는 너의 모습
님의 그림자인가
은하수 헤아리며
이 밤을 넘기다니

깊어라 푸른 물
그 누가 안다더냐
저녁 노을 무늬 위에
한자 두자 써야지

지지배배 저 숲 속
우는 새들아
헤어졌다 만나면
그리도 정다운가

흐르는 도랑물아
이 심정 아느뇨
뇌리의 한 생각을
붓을 들어 전할까

우리는 '나' 라는 생명이 어디서 왔으며, 죽으면 어디로 가는지도 모른 채 한평생 허덕이다가 두려움 속에서 죽음을 맞이한다. 그리하여 넋이 빠져나간 싸늘한 시체를 붙들고 남은 사람들은 서럽게 통곡한다.

그러나 깨닫고보면 우리가 왔던 곳도, 그리고 돌아갈 곳도 훤히 내다보인다. 그곳은 영생의 땅이다. 그곳은 생명으로 충만한 곳이기 때문에 죽을래야 죽을 수 없는 세계이다. 그리스의 성자 소크라테스가 독배를 마시기 전에 제자들이 "당신을 어디에 묻을까요?"라고 물었을 때 "나의 육신은 묻을 수 있지만 나를 묻을 수는 없다"고 한 바로 그 자리다. 그곳이 영원한 고향 땅이며 진리의 땅이며 부처님의 땅이다.

깨달음을 통해서 새로이 발견하게 되는 한없이 아름다운 땅을 불교에서는 화엄(華嚴)세계, 연화장(蓮華藏)세계라 한다.

중생들은 고향에 살면서도 고향을 모르고 억겁 동안 타향살이 고생을 이어가고 있다. 스님이 옛 고향땅을 찾고보니 그 세월이 너무나도 억울해 더욱 사무쳐한다.

따르는 너의 모습, 님의 그림자인가

무엇이 따르는가. 우주 안의 모든 것에 부처님의 섭리가 따른다. 그러므로 우주 안의 모든 모습은 섭리의 그림자다. 밤하늘을 수놓는 은하수 세계가 바로 섭리의 그림자인 연화장세계이며 진리의 세계다. 스님은 지금 이 세계에 취하여 밤을 지새는 것이다.

푸른 물이 섭리의 그림자임을 누가 아는가. 알아줄 사람 없는 나의 노래를 노을의 무늬 위에 띄워본다. 저 새들의 노랫소리가 무엇인가? 바로 고향의 노래이며 연화장세계의 노래이다. 너희들도 억만 년 동안 타향살이 고생을 마치고 고향을 만났으니 그리도 정다워서 지지배배 시끄럽게 떠드느냐? 졸졸졸 흐르는 도랑물 소리도 바로 연화장세계의 노래, 머리에 스치는 스님의 한 생각도 바로 섭리의 그림자다.

텅 빈 마음으로 오시옵소서

오시옵소서 그대여, 연꽃 오솔길로만 오시옵소서
한적한 오밤중으로 오시오면 너무나 허전하고
정오엔 더더욱 번거로우니
쉬시는 시간에 조심스럽게만 오시옵소서

오시옵소서 옥수(玉水) 같은 소리로 오시옵소서
솔바람 사이 한 오억 년 살고지고
마음 섞어 살아봅시다
오시옵소서

졸졸 흐르는 도랑물은
당신의 속삭임인 양 감로 법어(法語)입니다
푸르디푸른 창공(蒼空)은
자비로운 님의 품이옵니다

한시름 다 떨구시고
오시옵소서
텅 빈 마음으로 오시옵소서

스님은 읍내의 작은 절에서 마을사람들과 함께하신다. 스님은 부처님만을 부처님으로 모시는 게 아니라 모든 사람을 부처님으로 모시고 있다. 뿐만 아니라 풀 한 포기, 돌멩이 하나 모두 다 부처님으로 본다. 그러기에 물소리를 바로 부처님의 말씀으로 듣고, 바람에 흔들리는 나무를 바로 부처님의 춤으로 본다.

고려시대의 고승 진각국사(眞覺國師)의 "온갖 풀잎 끝에 조사 스님들의 뜻이 분명하다(祖意明明百草頭)"는 설법을 경청해본다면 스님의 법문을 이해할 수 있을 것이다.

부처님, 연꽃 오솔길로만 오시옵소서
부처님은 꽃길로만 오시지 않고 깨끗하고 더러운 길을 가리지 않고 오신다. 또 오시라고 간청해야 오시는 것이 아니라 이미 천지만물을 통하여 그 모습을 드러내고 있다. 그것을 알면서도 '부처님, 연꽃 오솔길로만 오십시오' 라고 한 것은 부처님에 대한 한없는 존경과 사모하는 마음을 나타낸다.

밤중에 오시면 너무나 허전하고
끝없는 진리를 담고 있는 우주가 잠들어 있는 거룩한 밤의 모습을 혼자만 보기엔 너무나도 아까워서 차라리 허전하고,

정오엔 번거로우니
끝없는 진리를 담고 있는 우주가 낮에 활동하는 것을 바라보기에는 그 황홀함에 정신이 나갈 것 같고, 그래서 '한가한 시간에 오시면 적당하겠나

이다' 라고 한 것이다.

옥수 같은 소리로 오시옵소서

부처님이 오시는 모습을 보자. 봄이면 산과 들에 고운 꽃들과 푸른 잎으로 나타나고, 가을이면 풍성한 곡식과 과일들로 나타나고, 겨울이면 백설로 나타난다. 신비롭고 자연스러운 이 모습을 옥수(玉水)에 비유한 것이다.

얼마 살 수 없는 중생들은 '한 오백 년 살자'고 목놓아 외쳐보지만, 사실백년도 살기 힘들다. 그러나 도인의 삶은 영생을 누리며, 그것도 솔바람 소리 같은 시원스런 삶이다. 그래서 일찍이 공자도 '아침에 도를 얻으면 저녁에 죽어도 좋다(朝聞道夕死可矣)'고 했을 것이다. 흐르는 도랑물이 부처님의 비밀스런 말씀이며 감로와 같은 설법이다. 저 끝없이 푸른 허공이 바로 부처님의 품이다.

이 축복을 모르는 중생들을 보면서 부처님께서는 밤낮으로 시름에 잠겨있지만 중생들은 부처님의 자비심을 모르고 살고 있다. 그래서 스님은 부처님에게 '한시름 떨구시라'고 위로하고 있다.

알겠어요

1. 나는 알겠어요
  들리는 소리도
  들리지 않는 소리도
  나는 알겠어요
  우뚝 서 있는
  저 바위도 알겠어요
  길게만 흐르는 물도 알겠어요
  꽃이 피고 꽃이 지는 이유도
  지금쯤은 알겠어요
  허공이 넓은 줄도
  대지가 평탄한 줄도
  잘 알겠어요
  그래야만 서로를
  돕는 것인 줄
  나는 잘 알겠어요

2. 보시가 아니라
  주는 것이 아니라
  당연히 상주(常住)하는 이유 때문에
  우리는 서로를 바꾸어가는 것
  인연 때문에 기다리지 아니하고
  모습을 크고 작은 모습으로 나토시
는 것도
  지금쯤은 알겠어요
  탓하는 이유도 알겠어요
  칭찬하는 이유도 알겠어요
  아침 종소리도 알겠어요
  이유 있는 이유 때문에
  그런 것인 줄 이제는 알겠어요

나는 알겠어요. 들리는 소리도 들리지 않는 소리도.

지금 스님은 무슨 말을 하는가? 고려말 공민왕 때 백운(白雲)스님은 왕이 궁궐로 불렀으나 사양하였다. 명예를 멀리한 스님이었다. 그의 시에 아래와 같은 대목이 있다.

世尊達磨不說說　　　석가모니와 달마는 말하지 않고 말하였고
迦葉神光不聞聞　　　가섭과 신광은 듣지 않고 들었다

들리는 소리도 들리지 않는 소리도 알겠다고 하는 자리는 말하지 않고 말하고 듣지 않고 듣는 자리와 똑같다.

여러분도 마음을 맑게 하라. 여러분의 그 맑은 마음이 온 우주를 꽉 채워서 조금도 빈틈이 없게 되는 자리에 이르게 되면 말하지 않고 말하고 듣지 않고 듣게 될 것이다.

그 자리에 이르게 되면, 바위도 물도 꽃도 허공도 대지도 주는 것도 받는 것도 크고 작은 모습도 꾸짖고 칭찬하는 이유도 모두가 있는 그대로 진리라서 부정할 것이 없게 된다. 모두가 긍정의 세계임을 말한다. 모두가 무한한 가치를 머금고 있음을 스님은 지적하였다.

그래서 백운스님은 또 다음과 같이 설법하였다.

平常心是道　　　　평상시의 마음이 바로 도요
諸法觀體眞　　　　만물은 있는 그 모습대로 진리다
山山水是水　　　　산은 산이요 물은 물이로다

님맞이

화반 탁출한 모습의 님이여
그대 품에 어리광 채울까
달님이 그리워 시 읊고
햇님이 반가워 노래합니다

청 맑은 호수에 반한 님
삼라라 층암을 들러리세우고
이밤을 지새우는 저 뻐꾸기
님의 속말을 귀띔함이지

그리운 님의 얼굴
무한 속에 불변이란 그 말씀
사철이면 어때요 다아는 맘
영원한 내 님이시여

양쪽에 꽃쟁반 두고 계시니 그 모습 더욱더 뛰어난 부처님.

부처님의 가슴은 무한합니다. 저는 그 넓은 부처님의 품속에 안겨 어리광 피웁니다. 달님이 그리워 시를 짓고 햇님이 반가워 노래합니다. 부처님, 제 어리광 어때요?

부처님, 지금 제가 보건대 부처님께서는 청 맑은 호수에 반하셨습니다. 삼라만상을 절벽바위처럼 빙 둘러놓고 맑디맑은 호수 속에 푹 잠겨 있습니다.

과연 부처님 세계는 아름답습니다. 천당 극락이 따로 없습니다.

솔직히 말해서 저도 지금 반해 있거든요. 저 뻐꾸기 녀석이 이 밤이 다 새도록 울어댑니다. 이 땅이 부처님 품속이라고, 이 땅이 극락이라고 중생들에게 목메이도록 알려주고 있습니다. 저 뻐꾸기조차도 저토록 외치는데 저 또한 가만히 있을 수가 없어 부처님의 사랑은 한없고 변함없다고 노래할 뿐입니다. 춘하추동 계절이 바뀔 때마다 부처님의 속마음을 알 수 있을 것 같습니다. 오로지 영원한 부처님을 사랑합니다.

연화애정

난초 마음

그리워 보고픈 맘이거든
거문고를 뜯어라
나도 잊고 너도 잊고 세월도 잊고
음률에 혼 넣어
솔바람에 띄우고
밝아라 달빛이여
님을 재워라

못 잊어 설레거든
단소를 불어라
나도 잊고 너도 잊고
세월도 잊고
천리 만리 넘어가
안부 전하거든
창 너머 달빛이여
님을 재워라

이 시는 스님의 높은 도의 경지가 잘 나타나 있는 시이다. 부처님께서는 깨달음을 얻으려거든 아상(我相), 인상(人相), 중생상(衆生相), 수자상(壽者相)을 부숴뜨려야 한다고 가르친다. 즉, 나에 대한 생각, 상대에 대한 생각, 세상살이에 대한 생각, 수명에 대한 생각을 의식에서 말끔히 씻어내버려야 한다고 말씀하신다. 그리고 마지막으로 내가 부처가 되었다는 생각마저도 버려야 진실로 깨달음을 얻는다고. 스님 역시 그래야 한다고 설법하신다.

부처님이 그리워 보고픈 마음이면 거문고 뜯듯이 한 가지 일, 수도(修道)에만 몰두하여라. 나에 대한 생각도 버리고, 상대에 대한 생각도 버리고, 세상살이에 대한 생각도 버리고, 수행에만 온통 혼을 쏟아 솔바람 같은 청정한 마음만 띄우면 마침내 달빛 같은 밝은 깨달음의 세계에 다다를지니. 그곳에서 부처님마저 재워라. 깨달았다는 생각마저 잠들게 하라. 부처님 뵙고 싶어 마음이 설레어도 대피리 불듯 한 가지 일, 수도에만 몰두하여라.

나에 대한 생각도 버리고, 상대에 대한 생각도 버리고, 세상살이에 대한 생각도 버리고, 목숨에 대한 생각도 버리고, 마침내 칠흑같이 어둡고 무거운 무명 업장을 씻고 넘어가서 깨달음의 소식이 들리거든, 창 너머 눈앞에 달빛 같은 부처님의 세계가 보이거든, 깨달았다는 생각마저도 일으키지 말라.

아! 난초처럼 향기 그윽한, 고결한 부처의 세계여.

지음국화(知音菊花)

국화송이 꺾어다가 화병에 꽂고
너는 9월의 절개를 자랑하고 나는 향내음에 반하였다면
나는 최상 법음인 붓다의 살림살이를 전하니
너는 설법에 도취하였나보다

내가 너를 예뻐하는 마음으로 물을 주면
너는 내게 언제든 변함 없는 그 단정한 몸매를 보이니
그래서 한방에 있게 하는 인연이 겁전부터 있었나보다

국화여, 너도 생각은 그렇게 하겠지만
더러는 오히려 너를 찬미하는 동조자이지 않느냐
나를 울리는 고고함에 너의 맘을 알 듯도 하였는가
너, 구시월에 동반하니 내 울적한 맘 달래려 하나보다

염화미소(拈華微笑). 널리 알려진 말이다. 어느 날 석가모니께서 깨달은 경지 — 말로 전할 수 없는 경지 — 를 꽃 한 송이 들어 대중에게 보여줄 때 아무도 그 뜻을 알아듣지 못했는데, 으뜸가는 제자 가섭존자만이 알아듣고 빙긋이 미소로써 답했다. 그래서 깨달은 경지는 말로 전할 수 없고[敎外別傳], 마음에서 마음으로 전할 뿐이라 한다[以心傳心]. 지금 스님은 가섭 같은 지음(知音)이 없어 차라리 국화를 꺾어 꽃병에 꽂아놓고 이심전심하고 있으니 그 외로운 심정, 짐작하고도 남는다.

국화 한 송이 꺾어다가 화병에 꽂고보니, 9월의 절개가 도도한 너에게 나는 반했단다.

내가 너를 보고 부처님의 깨달은 경지를 전하여주니 너는 나의 전함을 그대로 받아들여 열심히 설법하고 있구나.

예쁘고 예쁘다 국화야! 내 어찌 너에게 물을 주지 않을 수 있으리. 물을 먹고 너는 그 단정한 몸매로 언제나 변함없이 대해주는구나.

예쁘고 고맙다 국화야! 너와 내가 이렇게 한방에 있게 된 인연이 어찌 우연일까보냐. 그 인연 억겁 전부터 있었느니라.

국화야! 너도 그렇게 생각할 때가 더러 있을 것이다. 아무도 너를 몰라보는 세상이니 너라도 너를 기특히 여길 때가 있을 것이로다. 나 또한 외롭고 외로우니 너의 말을 알 수 있을 것 같다.

너, 지금 구시월에 피어나 내 울적한 마음을 달래주는구나!

초가을 시

산에는 귀뚜라미 울고
들길은 코스모스 한들한들
내 마음 설레어 야호야호

산에는 도토리 알밤 깨금
다람쥐 몽땅꼬리 기웃기웃
절에는 목탁 소리 똑똑똑

맑은 하늘 풍성한 오곡
슬며시 나들이꾼 처녀
이제는 시 한 수 읊어두리

태고여, 태고여
청 맑은 가을 두고
장부가 건곤을 외로이 걸을 때
내 고향 자성(自性)이 풍성함을 알 만하네

천진한 아이의 마음이 바로 도인의 마음인데, 그 마음이 얼마나 장엄한가를 보여주는 스님의 설법이다. 바로 스님의 마음이 그렇다. 천진난만한 아이에게는 모든 것이 귀여운 친구며 장난감이다.

도인의 마음은 실제로 아이의 마음이며, 거짓 없는 자연 그대로의 마음이다. 자연과 내가 둘이 아니다. 자연이 나고 내가 자연이다. 그러면서 자연은 자연이고 나는 나다.

지금 스님의 노래는 그 속에서 흘러나온다. 이 노래에 등장하는 귀뚜라미·코스모스·도토리·처녀·산·하늘이 바로 스님 자신이며, 또 스님의 장난감들이다. 천진스런 아이의 장난감들이다.

스님의 아이 마음이 사계절을 노래하고 있다.

태고여! 이는 아득한 옛날만이 아니라 무궁한 미래까지 가슴에 담고 부르는 소리다.

장부*가 이 맑은 가을에 하늘(乾)과 땅(坤)을 홀로 걸을 때, 아니 하늘과 땅도 구별이 없는 하나가 되어버린 허허탕탕한 공간을 홀로 걸을 때, 내 고향 자성이 풍성함을 알 만하네.**

---

* 불교에서 말하는 장부는 기운 센 거인이 아니라 깨달음을 얻은 도인을 말한다.
** 매우 중요한 법문이다. 스님의 고향이란, 우주만물이 태어났던 그 자리, 일체중생이 창조된 부처님의 나라, 나의 본래의 마음자리다. 그 자리에 서서 이 가을 귀뚜라미는 울고 코스모스는 한들거리고 오곡은 풍성하게 익어가고 처녀는 나들이하고 목탁은 똑똑거리고.

가을농부

진홍빛 마음
허허한 가을의 산야(山野)
산에서만 살고 싶다

알밤 한 말과
차곡차곡 챙겨둔 알곡 뒷방
농부는 촌(村)에서 살 만하다

정오의 오료(午料)
통김치 걸쳐 먹는 소리는
선경으로 둘러싸인 한국에서 찾은 멋이다

반쯤 떨어진 한복
탁배기 한잔 마저 들고
돌베개 한잠은 지상극락이다

 스님의 불심(佛心)과 농심(農心)이 어우러진 노래다. 부귀도 명예도 생각하지 않고 오로지 땀 흘리며 정직하게 살아온 농부의 마음이 바로 스님의 마음일 것이다. 여느 스님 같으면 큰절 주지나 조실(祖室), 혹은 불교계의 큰자리를 차지하고 있겠지만, 그런 것은 생각하지 않고 오로지 묵묵히 일편단심으로 도를 닦아 드디어 깨달음을 얻은 스님은, 외롭긴 해도 스스로 만족하는 그 생활이 어쩌면 이름없는 한 농부의 처지와도 흡사하다.

 진홍빛 마음
 나의 일편단심은 낙엽지고 추수가 끝난 늦가을의 허허로움 속에서 산에서만 살고 싶다. 다 버리고 있는 것 다 주어버린 채 이대로 산에서만 살고 싶다. 그래도 주워 모은 알밤이 한 말이나 되고, 가을걷이하여 거두어들인 곡식이 뒷방에 차곡차곡 쌓여 있으니 이것이 농촌에 사는 농부의 맛이 아니겠느냐! 세계 어디를 가봐도 찾을 수 없는 아름다움이 있는 한국에 그래도 가장 어울리는 것은 김치가 아니겠느냐!
 떨어진 한복 입고 막걸리 한잔 쭉 들이마시고 돌베개 베고 잠을 청하니 여기가 바로 지상의 극락이로구나!
 좋은 옷, 좋은 음식은 수도승과는 천리만리 먼 곳에 있으니 그저 욕심 버리고 스스로 만족하며 살아야 한다는 스님의 암시기도 하다.

가을비

가을비는 눈물입니다
붉은 단풍잎새는 슬픔입니다
그래서 밤새도록 새는 지저귀나봐요

달력을 넘기면서 기다리는
소망이 간절해질 때
가을비는 비통(悲痛)에 가까운 탄식입니다

가야 할 사람이 가지 못하고
와야 할 사람이 오지 못하게 하는 아픔을
가을비로 산새가 우나봅니다

깊고 깊은 마음속을 알아줄 사람이 없는 스님에게 주룩주룩 내리는 가을비는 눈물일 것이다.

스님에게 붉은 단풍잎은 허무한 인생에서 나붓거리고 있는 중생들과 똑같은 슬픈 존재일 것이다.

'가엾은 중생들아, 어서 허무한 꿈에서 깨어나라'고 새들이 대신하여 밤새도록 지저귀는 걸 듣지 못하느냐.

처절한 고행 끝에 얻은 이 귀한 소식을 전해줄 사람을 간절히 기다리면서 달력을 또 한 장 넘기는데 스님 탄식처럼 주룩주룩 가을비가 내리고 있구나.

지음인이 있다면 천리길이라도 찾아가고 싶건만, 아니면 나의 소식을 듣고자 찾아올 사람이 있음직도 하건만, 마음을 터놓을 수 있는 사람도 마음을 전해줄 수 있는 사람도 없으니 가슴이 아프구나.

그 아픔이 가을비가 되어 주룩주룩 내리고 있을 때 산새들도 그 심정을 견디지 못하고 울고 있나보다.

백설미담(白雪美談)

내 애인보다 반가운 눈이
어제 저녁 나도 모르게 천지(天地)를 덮어
자그마한 서재(書齋) 창문에서 나는 미칠 때
나는 그리하여 정신병자가 된 이방인이지

좋아 좋아 좋아서
마루 끝에 멍청하다가
벌룽벌룽한 심장의 명령으로
한 발짝 두 발짝 표지하던 나의 발자국

행여 못 오시는 내 애인아!
만리장성 써버리는 사연을 버려라
은쟁반 같은 천지를 두고
떼지어 날으는 기러기에게 전할 말 다 못허이

사철나무 우거진 뜨락에
동백나무 꽃핀 위에도
앞을 가려 우뚝한 저 바위
모두들 화관을 써 미담으로 침묵일 뿐
어찌하랴 나는 주례가 되겠어요

깨달음을 얻은 스님에게는 애인 아닌 것이 없다. 우거진 사철나무도, 붉게 핀 동백꽃도, 우뚝한 저 바위도 모두가 애인이다. 말할 수 없이 사랑스러운 애인이다. 그 사랑은 우리네 범부 중생들이 애욕에 끌려 사랑하는 이기적인 사랑이 아니다. 상대가 가지고 있는 신비스런, 그리고 아름다운 속내를 속속들이 알고서 아끼는 진실한 감정이다.

그런데 백설(白雪)을 보고 왜 스님은 애인보다 더 반갑다고 했을까? 백설은 때묻지 않은 인간 본래의 성품이다. 이 세상 애인은 변하지만 인간 본래의 성품은 변치 않는다. 천년만년 변치 않는다. 세상의 여인은 늙으면 추레해지지만 백설은 영원히 아름답다. 여러 말 거두고 여기서 백설은 극락정토(極樂淨土)다.

세상사람들이 알아볼 수 없는 정든 친구가 천지를 덮고나서 살그머니 창가에 찾아온 걸 보는 스님의 마음은 미칠 듯 기쁘다. 백설을 보고, 그 맑고 밝은 극락정토를 눈앞에 두고 환희를 느낀다. 그 미칠 듯한 환희에 공감할 자가 없으니 스님은 이방인(異邦人)이 된다. 좋아서 마루 끝에서 백설을 반기며 눈과 함께 이야기하다가 깨달음의 세계에 도취하여 벌렁거리는 심정으로 눈을 밟으면서 눈과 하나가 된다. 진리의 세계에 푹 빠지는 것이다.

애인아! 만리장성 같은 긴 사연을 그만 쓰고 버려라. 어찌 필설로 다 쓸 수 있겠느냐? 중생들이 보지 못한 진리의 세계가 은쟁반같이 천지를 곱게 덮고 있는데 떼지어 날으는 내 친구 기러기들에게 어찌 깨달음의 기쁨을 다 전할 수 있겠느냐. 백설과 사철나무 뜨락과 우뚝 솟은 바위와 함께 어울려 신비로움으로 뒤덮여 침묵을 지키고 있는 이때, 나는 주례라도 서고 싶구나. 그리하여 나름대로 진리를 풀어내고 싶구나.

갓버섯

땅을 믿고
공허(空虛)를 노래하며
부슬비를 즐기는 너의 미숙(未熟)
조용히 옛날을 기억하는가

옛날 그 친구 같은
소리 없는 묵시로
시비야 모르는 채 그늘을 지키며
아무런 부담 없이 지내는 너

나는 이러해요
우산 같아요
기법이 섬세한 조각가가 장식한 것처럼

겉모습은 옛날을 표방했어도
속속은 부드러운 체온으로 느껴오는
여인의 살결로 가득 차 있어요

스님은 눈에 보이는 모든 것에서 깨달음의 소식을 전한다.

송이버섯아! 너는 오로지 땅을 믿고 온갖 욕망을 버리고 아무것도 없는 공허만을 노래하며 커가고 있구나. 부슬비를 맞으면서 크고 있는 네 모습을 보면 너의 옛날을 잊지 않은 것 같구나. 너의 옛날은 네가 태어났던 곳, 너의 정든 고향 땅, 깨달음의 세계가 아니더냐.

옛 친구처럼 다정한 너의 고향 땅은 소리 없는 진리의 세계. 그 세계를 너는 말없이 보여주는구나. 그늘 속에 살면서 시비를 가리지도 않고 불평은커녕 묵묵히 자라나니 송이버섯 네가 바로 부처님이다.

우산처럼 둥근 일원상임을 말없이 보여주는 송이버섯아. 흠 하나 없이 섬세한 조각가가 만들어놓은 듯한 모습은 동그란 우주의 모습, 그 동그라미 안에 진리가 빈틈없이 꽉 차 있구나.

풋사랑 동백

삼월의 양지 켠에
철 잃은 새싹들이 미소 지으면
정원을 꾸미는 아낙처럼
동백은 빨갛게 피어 수줍네

오라는 님이사 오지 않아
뭇벌이 역사하는 정오에는
한으로 눈물을 채워 꿀을 비벼서
살랑 바람에 낙화되어 님을 부르네

그대 열연으로 지친 붉은 얼굴
순정으로 지키는 노오란 마음
그래서 고요만 아는 앳된 처녀
말이야 너를 보고 돌아갈 수 없네

봄이면 씨 뿌리고 가을에는 거두어들이고 겨울에는 쉬는 게 농부의 삶이다. 초목이나 동물들의 삶도 이와 비슷하다. 그렇게 살다가 때가 되면 별수없이 죽음을 맞는다. 그러나 수행자의 삶은 그렇지 않다. 영생을 얻고 우주의 절대자가 되기 위해서는 밤낮을 가리지 않고, 봄겨울 가리지 않고 자신을 닦아야 한다. 마치 긴긴 겨울 혹독한 추위 속에서도 자신을 키워 드디어 이른 봄 햇살을 맞으며 붉게 피는 동백처럼. 스님은 그런 동백을 알아보시고 칭찬한다.

3월 이른 봄, 햇살 쏟아지는 곳에 온갖 새싹들이 돋아나올 때 동백은 정원을 꾸미는 아낙네처럼 수줍은 듯 빨갛게 피어난다.

긴 겨울 혹독한 추위 속에서도 참고 정진하여 이렇게도 탐스럽고 싱그러운 꽃망울을 맺었으니, 동백 너야말로 어려움을 참고 이겨내 드디어 깨달음을 얻은 성자로구나.

그러나 성자를 알아보고 반겨줄 님은 오지 않고 벌떼들만 모여들어 쉴 새 없이 못살게 굴고 있으니 기막힐 노릇이어라. 꽃술 속에 들어 있는 꿀이 한(恨)으로 채운 너의 눈물임을. 너무도 애절하구나, 피었다가 반겨줄 님을 만나지 못하고 산들바람에 떨어지는 너의 모습. 동백꽃 봉오리는 오직 부처가 되겠다는 뜨거운 소망으로 지쳐 붉어진 얼굴이지 않느냐!

봉오리 속에 차곡차곡 박힌 꽃술들은 티없이 맑고 부드러운 너의 속마음인 걸. 너의 순결한 마음을 시끄러운 이 세상이 어찌 알아주겠느냐. 동백꽃이여, 네 마음을 어찌 모르겠느냐. 솔직히 말해 너를 보고 그냥 돌아갈 수가 없구나. 우리 서로 깊은 속내를 나누어보자.

청평강 노을

청평강 저녁노을
님은 어데 먼 길 가고
보트놀이 환희 청춘
이도령 열연인가

시원쿠나 분수햇살
오시는 임 다리 놓고
녹색 꾸민 산수화로
높이높이 병풍쳤소

산새는 꼬르르르
물빛은 새로운데
기타 치는 악사에게
아쉬운 작별인가

시성은 멈추었네
푸르름에 정들었고
달래는 피로야
사랑 노래 전하리

해는 뉘엿 서산 넘고
청평강 침묵일 때
만끽해 취했는지
촛불만 홀연하오

청산을 감아도는 강물 위에 저녁 노을이 깔리면 극락세계가 따로 없다는 걸 알 수 있을 것이다. 스님은 저 높은 깨달음의 세계에서 이러한 인간 세계를 내려다보면서 두 세계가 하나임을 알아야 한다고 설법한다.

청평강 물 위에 저녁 노을이 깔린 그림 같은 풍경은 바로 부처님의 열반 세계라고 말해주는데, 이 이치를 함께 나눌 수 있는 친구는 어느 먼 곳에 있어 돌아오지 않는고? 노을 속에서 보트놀이 즐기는 연인들, 그 옛날 아름다운 사랑의 노래를 불렀던 춘향이와 이도령이 아닌가? 시원하게 분수처럼 쏟아지는 햇살은 노을이 되어 친구를 맞이하려고 다리를 놓고, 아름다운 산천은 녹색으로 수놓은 병풍이 되어 내 친구가 앉을 방석이 되려는지.

물빛은 더욱 싱그러운데, 꼬르르르 노래하는 산새들은 마치 아름다운 음악을 연주하는 악사들 같다. 아! 이처럼 아름다운 곳에서 함께 깨달음을 이야기할 수 있는 친구는 영영 나타나지 않는구나. 산새들아! 작별하기가 아쉽다.

이 같은 아름다움을 어느 시인이 감히 노래할 수 있을까? 이 아름다운 푸르름에 정들고 또 정들어 피로하여 지쳐버렸다. 푸르름에 정든 피로를 달래면서 오로지 거룩하신 부처님에 대한 사랑의 노래를 전하고 싶은 마음뿐. 지는 해가 서산을 넘자 어둠은 강물을 물들이고, 청평강은 침묵을 만끽하며 취해 있을 때, 저만치 인가(人家)의 등불이 홀연히 비춰온다. 어느새 시끄러운 인간세계도 고요한 침묵의 세계로 화한다.

산에 핀 모란에게

푸른 잔디밭 위에 핀
수줍은 모란 한 떨기
너는 향기는 없어도
많은 꽃 중에서 왕좌를 누림은
이심전심으로 섬기는 맘

겹으로 새겨온 그 이름
얄랑이는 내음새에 미모가 있겠나
너는 향기는 없어도
속속으로 겹겹으로 원형으로
원기가 흐르는 덕상은
다 물리치고 오직 너만이

그대
순정한 나의 사랑

5월의 높은 산, 절 뜰에 피어 있는 모란꽃을 보면 모래알처럼 많은 잎새들 가운데 우뚝한 그 모습이 흡사 성자의 모습처럼 싱그럽다. 향락으로 썩고 오염된 세상에서도 싱그럽게 살아가는 스님은 산에 핀 모란을 애인으로 맞이한다. 그 모습이 우리의 탁한 마음을 씻어내준다.

청산에 홀로 핀 모란꽃이여! 너는 순연한 정신을 갈고 닦아서 마침내 탐스런 꽃을 피웠으니 마치 인간세상의 성자와 같다. 고결한 너의 모습은 수줍음을 머금고 있으니 보기에도 거룩하다. 성자는 달콤한 말로 사람들을 유혹하지 않는다. 그래서 성자의 주변에는 시정 잡배들이 없듯이 너에게는 잡벌레들을 유혹하는 꿀도 향내도 없다. 그렇지만 누가 뭐래도 꽃 중의 왕자리를 차지하고 있는 것은 알아보는 사람들이 있어 마음으로 섬기기 때문일 것이다. 그러므로 긴 세월이 지나도 사람들의 가슴에 지워지지 않는 너의 이름, 과연 그럴 듯하다. 너의 미모는 순결하다. 교태를 부리거나 유혹하는 냄새도 없다.

순결한 너의 모습, 향기는 없지만 속이 찬, 둥글게 생명이 넘쳐흐르는 너의 모습은 깨달은 사람에게 보이는 무진장(無盡藏)세계와 같다. 천지에 너만한 꽃이 어디 있으랴. 덕스런 모습을 갖춘 꽃 모란, 나는 너를 사랑한다.

연화애정(蓮花愛情)

누굴 닮은
꽃 한 송이
활짝 피었구나
수심도 티도 없이 청결한데
이 땅 위에 떳떳이 서 있구나

꽃은 연한 백색
미소를 머금고
잎은 다정한 청색으로
우주를 안고 웃네요

화분 하나 만들어
곱게 심어서
한생을 위안하는
벗이 되어볼까

너 대답 듣고프다
가느다란 귀띔
푸르다고 영원한 넋이라고
합장하심일까

아아 티끌 세상
무색도 하다

원각세계(圓覺世界)란 부처님의 원만한 깨달음의 세계다. 연꽃처럼 싱그럽고 더러움에 물들지 않은 세계다. 그러한 세계가 어디에 있을까? 바로 우리들의 마음 바탕이 그 세계며, 그곳에서 보면 바로 우리가 살고 있는 이곳이 그 세계다.

그 현장을 훤히 내다본 스님은 연꽃을 보면서 그 세계와 닮았다고 찬탄한다. 그 세계를 보여주는 연꽃과 한평생 벗이 되어 대화하고 싶어한다. 이 아름다운 세계를 중생들의 욕심이 더럽히고 있음은 애석한 일이다. 부끄러운 일이다.

들어라 뻐꾸기야

뻐꾸기 처량해라
밤도 깊어가는데
어쩌다 홀로 앉아
하 슬퍼 목이 쉬느뇨

사연도 길겠다만
그만 울어라
너 마음 닦아 세월 보내
도인(道人) 되자꾸나

만사가 모였다가
흩어지는 것
유상 앞에 속은 너만
바보란다

스님의 의미 깊은 말씀이다. 인간은 상(相)에 속고 사는 바보다. 상에는 아상, 인상, 중생상, 수자상 등 네 가지가 있다. 불교인들은 다 알고 있는 상식이지만, 혹시 모르는 분들을 위하여 아상(我相)만 설명한다.

아상이란 나의 모습인데, 중생들은 나의 생각, 나의 몸과 생김새, 나의 지위 등을 꽁꽁 묶어서 '나'라고 한다. 그런데 그러한 나의 모습은 원래 있었던 것도 아니거니와 지금 정해져 있는 것도 아니다. 어머니 뱃속에서부터 죽는 날까지 순간순간 달라지고 없어진다. 더구나 죽고나면 아무것도 남지 않는다. 언제든지 생각도 바꾸어 할 수 있고, 지금의 몸과 생김새, 지위도 옛날과 전혀 다르고 앞으로도 달라진다.

그러니 도대체 무엇이 '나'인지 종잡을 수가 없다. 모두가 뜬구름과 같은 것이다. 일정하게 있지도 않고 곧 변해버릴 것들을 부여잡고 애타고 속상해 한다는 것은 어리석은 일이다. 그래서 진리를 찾는 수도인들은 아상을 완전히 무시한다. 그 대신 '참나'의 모습을 찾는다. '참나'의 모습이란 깨달음의 세계에서나 볼 수 있다.

스님은 깨달음의 세계*를 시로써 일러주신다. 그러나 그 세계의 참맛은 알 수 없다.

예컨대, 소금이 짜다고 일러줄 수는 있지만 참맛은 직접 먹어보아야 알 수 있는 것과 같다. 그러므로 우리들은 스스로 노력하여 인생고를 해결하고 죽음이 없는 세계를 자신의 세계로 만들어야 된다. 이것은 매우 힘든 일이지만 우리에게 이것보다 더 시급하고 중요한 문제는 없다고 스님은 입이

쓰도록 가슴이 멍들도록 일러주신다.

뻐꾸기야, 어리석은 중생아! 이 시급한 문제를 아직도 해결하지 못하고 있으니 처량하구나. 이 문제를 제쳐놓고 무슨 일로 밤낮 없이 울어대느냐? 너의 긴긴 사연, 그런 것에 집착하지 말고 어서어서 마음을 닦아 깨달음의 세계를 얻어라. 세상 일이 저 뜬구름처럼 잠깐 일어났다가 흩어지는 것 아니더냐. 뜬구름 같은 아상의 헛된 모습에 속아 사는 바보 같은 중생살이, 이제 그만두기를 바란다.

* 다른 말로 진여(眞如)세계, 공(空)의 세계, 열반(涅槃)세계, 진리(眞理)의 세계, 무위(無爲)세계, 부처님의 세계, 일심(一心)세계, 무진장(無盡藏)세계, 장엄(壯嚴)세계, 화장(華藏)세계, 실상(實相)세계, 본체(本體)세계, 진아(眞我)세계, 각해(覺海)세계 등등 여러 이름으로 바꾸어 말한다.

김해 무척산 기행

하늘 문을 열어놓고
나는 학(鶴)이 되어서
마음 창을 열어놓고
건곤(乾坤)을 두루 살폈네

모노레일 외줄 열차
빼어난 선경(仙境)이라
제2금강(金剛) 솟았으니
장부노래 부름이라

아서라 세상시비
허허 웃음 나네
무척산 상봉에는
천연석불(天然石佛) 묵묵장엄

석유암 목탁 소리
천상에 유희한데
기암절벽 모습모습
설법하고 듣는 청중

억겁 닦아 모였으니
청정불국(淸淨佛國) 아닐런가
창공엔 점점백운(漸漸白雲)
피리불어 맞는구나

너울너울 춤을 추어
강산타령 하여보세
동반남녀 이고지고
공덕(功德)길을 오르나니
극락세계 연지세계
연꽃으로 피어나리

어허!
법계청정 무진세계
뉘라서 알쏘냐
걸음걸음 오르는 뜻
보검 들어 번뜩이는
악! 소리 들었느냐

아무튼, 무지한 중생들에게 이 세상은 고통의 바다이고 살기에 역겨운 땅이지만, 눈 뜬인 사람에게는 극락세계며 아담과 이브가 죄짓기 전에 살던 에덴동산이다. 이 세계는 신비함이 넘실거리는 황홀경의 세계며, 풀 한 포기 바위 하나도 살아 있는 부처님의 몸이다. 무지한 중생들은 살아 있는 부처님 몸을 짓밟고 살아간다. 그렇게 하지 않고선 살 수 없기 때문에 그 큰 죄를 면할 길이 없다. 피나는 고행과 수도의 목적은 그 죄업을 씻고서 죄짓기 전의 에덴동산으로 다시 돌아가는 데 있다.

지금 스님에게 김해 무척산은 바로 이브의 에덴동산이 되는 셈이다. 이 시는 고승 소요대사*가 '산하대지가 바로 나의 집이다(大地山河是我家)'라고 지적했던 것과 같은 가르침이다.

무척산이 바로 성인이로구나!

마음의 창문을 활짝 열어놓고 나는 학이 되어 하늘과 땅으로 막힘이 없구나! 모노레일 열차를 타고 구경하니 또 하나의 금강산(金剛山)이로고. 장부의 노래가 절로 나온다. 세상사람들이 서로 옳다고 싸우는 꼴이 우습구나.

무척산 봉우리에는 천연으로 깎인 돌부처들이 장엄하게 서 있고 석유암 목탁 소리는 하늘을 향하여 거침없이 울려퍼지는데, 바로 저 모습이 설법하고 설법을 듣는 모습이로다.

무수한 바위 성인들, 그들은 하나가 말하면 나머지 모두는 듣는 청중이 되고 또 하나가 말하면 또 그 나머지가 모두 청중이 된다. 마치 늘어선 수천 개의 보석들처럼, 하나의 보석은 나머지 보석들에게 맑게 비치고, 또다른 보석에 남은 보석들이 맑게 비치어 그 섞임이 겹겹으로 끝없이 이어지듯 기암절벽들이 설법하고 듣는 모습은 끝없이 벌어지는구나.

이것이 '중중무진화엄법계(重重無盡華嚴法界)'가 아니고 무엇이랴. 우리가 살고 있는 이 세상의 모든 존재가 마니주 보석들이기 때문에 바로 이 세상이 중중무진화엄법계임을 스님이 일러준다. 그리고 이곳이 우리가 살고 있는 집이기 때문에 소요대사가 '대지산하시아가'라 말한 것이다.

기암절벽들은 억겁 동안 비바람에 깎여 이루어졌을 것이고 성인들도 억겁을 닦아서 성인이 되었을 것이다. 아무튼 기암절벽들을 설법하는 성인과 설법 듣는 청중으로 보는 사람에게는 여기가 청정 불국토이며 에덴동산일 것이다.

이곳에서는 창공의 점점 구름들도 진리의 피리 소리에 맞춰 춤을 추면서 흘러가니, 그 구름들을 바라보며 너도나도 너울너울 춤을 추면서 강과 산의 아름다움을 노래하자. 절에 바칠 시주물을 이고지고 함께 산에 오르는 남녀들, 바로 공과 덕을 짓는 길이니 그들도 반드시 극락세계·연꽃세계에 다시 태어날 것이다.

어허라! 이 아름다운 불국토를 무지한 중생들이 어찌 알아볼꼬! 걸음걸음이 바로 불국토를 오르는 뜻임을 내 진리의 칼을 번쩍 뽑아들고 '악!' 소리질러 들려준다. 알아듣느냐?

* 17세기 서산대사의 제자

목련화야

목련이 핀다
목련이 핀다
내 님 같은 목련이 핀다

하늘은 저리도 환호하고
대지는 맑고도 다정하여라
냇물 소리
속사정 다 뇌까리는 정오
순정으로 타오르는
곱디고운 내 님 같은 얼굴이여
싱그런 웃음으로
가슴을 펴는
내 님 같은 목련화야

도인은 언제나 아이 같은 마음으로 산다. 그래서 따뜻한 4월 봄날, 성질 급하게 잎도 나기 전에 탐스럽게 피어나는 목련을 보고서 어린애처럼 싱글 벙글 좋아하지 않으면 도인이 아니다.

왜?

도인에게는 꽃이 가장 좋은 동무이기 때문이다. 티없이 고운 동심으로 서로가 통하기 때문이다.

지금 소꿉장난 동무가 문 밖에서 부르니 좋아라고 정신없이 뛰어나가는 스님의 모습이 눈에 선하다.

목련이 왔어요
목련이 왔어요
부처님 같은 내 친구 목련이 왔어요
나만 좋아한 게 아니에요
파란 하늘도 좋아하고 있잖아요

하얀 목련은 온 세계를 깨끗하게 만들고 다정하게 만든다. 겨울 내내 조용하던 시냇물이 졸졸졸 진리의 노래를 부르는 봄날 내 친구 목련은 순정을 머금고 피어난다. 그 얼굴들을 바라보라. 저게 바로 맑고 부드러운 부처님 얼굴 아닌가?

싱그런 웃음을 가슴에 듬뿍 담고 펴보이는 목련화여, 사랑하는 우리 부처님 같은 모습입니다.

백련(白蓮)

보라! 진흙 속에 피어오른
한떨기 백련이여
장엄정토 이룩하사
꽃 중의 꽃 으뜸일세

세세생생 닦은 모습
당당함이 그 누구랴
청포자락 휘어감아
법좌(法座)를 드리웠네

영원한 안식처여
반야동산 텃밭되고
원만자비 베풀어서
온누리에 피게 하소서

세존당시 염화미소(拈花微笑)
가섭존자 웃었다네
백련이여
그 이름 장부여 장부여

實相妙法 巧喩蓮華 …… 處染常淨 ……
실상의 오묘한 진리를 연꽃에 비유하니……
더러운 곳에 있으면서도 언제나 깨끗하기 때문이다……

― 「법화경」

연꽃이여. 당신은 흙탕물 속에서 살지만 흙탕물이 당신을 더럽히지는 못
합니다. 우아한 자태의 당신은 꽃 중의 꽃입니다. 그래서 부처님께서도 당
신을 오묘한 진리의 화신으로 선택했습니다. 비록 사람들이 홍진(紅塵) 세
상에 살고 있지만 당신처럼 더러움에 물들지 않고 언제나 깨끗할 수 있다
면 홍진세계가 바로 장엄정토가 되지 않겠습니까?
　당신의 꽃봉오리가 바로 설법하는 자리입니다.
　싱그러운 푸른 잎이 그 자리를 감싸고 있는 모습 당당하기 이를 데 없습
니다. 도대체 세세생생(世世生生) 얼마나 자신을 갈고 닦았으면 이렇게 될
까요?

智譬則蓮 行譬則華 智行兩全 乃盡其妙故
지혜를 비유한 것이 연(蓮)이요 행(行)을 비유한 것이 곧 꽃이니 지혜와 행을
둘 다 갖추었으니 그 오묘함을 다 드러낸다

― 「법화경」

연꽃이여, 당신 몸은 지혜의 텃밭입니다. 당신 꽃은 자비행입니다. 당신
이 가지고 있는 지혜와 자비행이 온누리에 피게 하소서. 그러면 이 세상은

영원한 안식처로 달라질 것입니다.

부처님 당시에 부처님이 깨달은 진리를 오로지 가섭존자만이 알아듣고 빙그레 웃었다면, 오늘날 부처님이 깨달은 진리를 알아들을 수 있는 자가 있다면 바로 연꽃 당신일 것입니다.

당신이야말로 장부입니다.

단풍놀이

오실 님 부끄러워
얼굴을 붉혔나요
석양노을 신기루에
야호야호 누구의 소릴까

발길 멈춰 멍든 사람
도랑물도 숨죽였네
울긋불긋 화폭 속에
야단법회 시작일세

심산계곡 기암절벽
아득한 황홀천지
창해여 산야여
어느 신선 작품인가

다람쥐는 바쁘구나
저 하늘은 광활하다
노소남녀 모였어도
시비장단 끊었어라

점점백운 나를 불러
시인 되라 말을 하네
일곡조 무엇하랴
유유낙낙(唯唯諾諾) 극락일세

이심전심 내 친구야
차상 차려 오려무나
이 하루 다하도록
흥을 돋워 읊어보자

벗님네야 눈을 떠라
마음 털어 웃어보자
장엄국토 어얼씨구
비단길로 오시구려

가는 세월 단풍노을
인심 풀어 춤을 추자
법계인을 불러놓고
무애가로 살아보세

아득히 뻗어 있는 산맥의 정상에서 바라보는 단풍의 바다, 그리고 그 바다 끝에 있는 아스라한 들과 바다와 섬들, 이런 풍경을 보면 그 아름다움에 도취하지 않을 수 없게 된다. 스님에게 이런 풍경은 바로 스님 자신이 되어 버린다. 스님의 마음은 깨끗하다는 생각마저도 없는 깨끗함, 바로 그것이기 때문이다. 도인은 물을 보면 물이 되고, 산을 보면 산이 되며, 환자를 보면 스스로 앓게 된다. 따로이 내가 없는 사람이 도인이다.

잘 알려지지 않은 도인 금타스님*은,
'바람 불고 비 뿌리는 것이 헛된 경계가 아니다(風吹雨打非幻境)'라고 하였다. 극락이 따로 없다는 것이다. 그래서 스님도 이곳이 유유낙낙한 극락이라 한다.

가을 숲이 물든 모습, 마치 오신 님 앞에서 얼굴 붉힌 여인처럼 아름답구나! 그 단풍의 바다 위로 석양 노을이 깔렸으니 그 아름다움이 마치 신기루처럼 신비스럽다.
단풍 여인아, 야호! 야호! 너도 좋아 소리치고 나도 좋아 소리치니 도대체 누구의 소리란 말이냐! 심산계곡의 단풍, 기암절벽의 단풍, 아득히 펼쳐진 단풍의 바다, 그 바다 끝의 들과 푸른 바다. 도대체 이 작품이 어느 신선의 작품이란 말이냐!
하늘에서 춤을 추며 떠가는 흰 구름이 나에게 손짓하여 시인이 되라고 말하지만, 이곳에서 시가 무슨 필요가 있으리? 이곳이 바로 극락인 것을! 중생들아! 마음 깨쳐 눈을 뜨소서. 그리하여 함께 마음을 털고 웃어보자.

여기가 불국토. 부디 고해의 가시밭길 벗어나 불국토의 비단길로 오시구려!

황홀경에 그만 가슴이 멍들어 더이상 걷지 못하고 주저앉아 있고 도랑물도 나처럼 숨죽이고 있는데, 이 아름다운 그림 속에서 야단법회(野壇法會)**가 벌어졌구나!***

겨울 준비에 다람쥐가 바쁜 것도 설법이요, 하늘이 광활한 것도 설법이요, 남녀노소 모인 것도 설법이요, 이 황홀경 속에서 맞다 틀렸다 길다 짧다 다투지 않는 것도 설법이다.

뜻이 맞는 친구와 함께 이 황홀경 속에 앉아 차를 나누면서 하루종일 진리의 노래를 주고받고 싶다. 인생도 단풍처럼 저물어가며 아름다운 것, 마음 활짝 풀어놓고 춤을 추며 살고 싶다.

천상천하 도인들 다 불러놓고 걸림 없이 살고 싶다.

* 현 태안사 조실 강청화 스님의 은사
** 옛날 스님들이 지나는 길에 일하는 농부들을 모아놓고 들에서 연 법회를 야단법회라 한다.
*** 산, 단풍, 구름, 들, 바다, 다람쥐 등이 서로가 설법하고 설법을 들어준다.

코스모스 길 따라

하늘이 열리는 선녀의 길
황금물결이 파도치는 들녘
사랑이 깊어가는 밀어를 속삭입니다

정겹게 손잡고 너랑 나랑
하늘거리는 코스모스는 더욱 다정합니다
어쩌면 억겁을 두고 걸어야 할 길

천지여 극락이여
비단길 깔아 오시는 님 맞으며
미소에 담긴 정 마음만 설레입니다

부끄럽다는 표정
연분홍빛 얼굴에 눈으로 손짓한 듯
지나치기 그리워서 보고 또 봅니다

잔잔한 마음 풀어놓고
세상을 포근히 안은 채
석양을 걸어가는 코스모스 길
내내 아쉬워옵니다

사랑이 깊어가는 밀어를 속삭입니다.

스님의 법문을 들으니 먼 옛날 일이 생각난다. 하루는 옆집 꼬마 소녀가 양지켠 돌담 밑에 앉아 소꿉장난을 하고 있었다. 소녀는 흙을 조금씩 집어 주면서 돌멩이에게 "할머니, 밥 먹읍시다", 풀에게 "고모, 밥 먹자", 작은 개미들에게 "아가들아, 밥 먹자" 하는 것이다. 소녀는 돌과 풀과 개미들과 사랑의 밀어를 속삭이고 있었다.

지금 스님은 열린 하늘 밖의 영원한 세상을 보고 있다. 천지창조 이전을. 이를 불교에서 '청정한 법신불'이라 한다. 법신불이 담고 있는 온갖 공덕을 '두루 갖춘 보신불'이라 한다. 그 공덕이 무르익어 생긴 온갖 존재를 '무한한 모양의 화신불'이라 한다. 스님은 황금 물결이 파도치는 들녘에서 온갖 것들과 사랑의 밀어를 속삭이고 있다. 자비롭고 청정한 마음이 되어보니 하늘거리는 코스모스가 더욱 다정하게 마주보며 웃어준다.

아, 통쾌하다. 이 아름다운 세계가 영원히 내 앞에 펼쳐져 있다. 아름다운 천지여, 즐거운 극락세계여! 이걸 모르는 중생들이여, 안타깝구나. 행여 이걸 아는 벗님이 온다면, 내 비단길 깔아놓고 미소지으며 맞으련만, 그저 마음만 설렌다.

코스모스야, 너 정말 곱구나! 너, 나를 보고 부끄러운 듯 연분홍빛 얼굴로 손짓하는구나! 너를 두고 지나치면 훗날 너를 얼마나 그리워할거니! 보고 또 보고 또 본다. 잔잔한 마음으로 세상을 포근히 안은 채 석양을 걸어가는 코스모스 길, 세상의 모든 것이 너무도 곱구나. 그저 지나치기에는 너무나 아쉬운 코스모스 길.

첫 눈

산사의 종(鍾)이 막 울리는
적막한 자정
목 늘인 사슴이 길 물어
어느 보름 저녁을 방황할 때

가도가도 허허한 대지의 첫눈
이건 정녕 법열(法悅)보다 더한 미소일 게다

첫눈아!
변칙(變則)하는 세상이 있고
변칙하는 애정이 있고
변칙하는 물량이 있고
변칙하는 세정(世情)이 있다만

첫눈아!
위대하고녀
그대 속심을 온누리에 폈구려

취침을 알리는 산사의 쇠북이 은은히 울리는 적막한 깊은 밤, 휘영청 밝은 보름달빛이 깔릴 때, 어린아이 같은 사슴이 한가로이 목을 늘이고 방황하고, 가도가도 끝없는 대지를 첫눈이 소복이 덮고 있다.

이 아름다운 광경을 두고 자연을 보는 즐거움 운운하는 것도 민망한 일이다.

첫눈이여!

세상은 원칙을 어긴다. 사랑의 굳은 약속도 저버린다. 사고파는 물건의 양도 속인다. 사람들의 인심도 매정하게 변한다. 모두가 야속하고 추악할 뿐이다.

그러나 첫눈아! 너만은 변치 않는 순수한 속마음을 온누리에 보여주는구나.

이해득실을 계산하여 원칙도 인정도 없이 자신을 바꾸는 야멸찬 세상을 가슴 아프게 바라보는 스님의 꾸짖음이 흰 눈 위에 선명하게 드러나는 설법이다.

바친
시간

여름 무상

아무런 영상이 없을 때
나는 흙일까, 나는 물일까
가자는 세월 속에 흘러만 간다

무작한 여름을 즐기는 꽃들
녹음 속에 짜증을 부리는 매미 소리
가자는 세월 속에 흘러만 간다

한가롭게 스치는 산들바람
님의 눈웃음에 대화가 있는 듯
가자는 세월 속에 흘러만 간다

초목은 일찍이 알았나봐
무상의 노래를 체념했나봐
그래서 세월은 흘러만 간다

나는 스님을 대할 때마다 늘 작아지는 나의 모습을 느끼곤 한다. 어쩌다 마음이 우주 같은 큰스님을 만날 수 있는 행운을 얻었는지 일생일대의 축복이 아닐 수 없다. 또한, 이런 「여름무상」 같은 스님의 노래를 들을 땐 천만가지로 들려오는 높고 맑고 멋스러운 법문을 표현할 수 없어 가슴이 답답해진다.

깨침이 깊은 여러 스님들이 큰스님의 법문을 풀이한다면 그 풀이가 얼마나 다채로울까, 그것이 못내 아쉬울 뿐이다.

도인은 번뇌만상이 없다. 그 마음은 티없이 맑은 허공이다. 움직임이 없어서 흙이요, 맑아서 파란 물이다. 그 속에서 세월은 흘러만 간다.

제행무상(諸行無常), 무더워 싫증나는 여름을 그래도 좋다고 즐기는 어리석은 꽃들아, 이렇게도 상쾌하고 고마운 녹음(綠陰)을 짜증부리는 참으로 어리석은 매미들아! 아느냐, 흐르는 세월 속에 덧없이 시들어가는 것을.

제행무상, 성현들은 무상을 넘어 영생을 얻었기에 한가롭게 스치는 산들바람을 부처님의 자비로운 말씀으로 알지만, 중생들은 흐르는 세월 속에 그저 시들어갈 뿐이다.

제행무상, 저 푸른 초목들도 제행무상을 일찍이 알았나보구나.

그래서 '모든 것은 덧없다' 는 노래를 부르다가 목이 쉬어 이젠 체념했나보구나. 그러거나 말거나 세월은 쏜살같이 흘러만 가는구나.

사루비아에게

미스 사루비아여
나의 말에 화내지 말아요
아니, 화가 나더라도 나는 한마디만 하겠어요

미스 사루비아여
오래도록 스쳐간 얼굴들
오늘은 그 많은 연인들이 그대 앞에서는 포기하는가봐요
그대를 두고는 자신을 잃었나봐요

미스 사루비아여
화사한 날
살결이 보일 듯한 논개의 한산모시 적삼치마가 아니더라도
화관을 쓰고 면사포에 드레스를 입지 않았어도
연지곤지 향취 없다 해도

미스 사루비아여
나의 심장에서 두근거리는 한마디를
그대는 꿈에서라도 들었나요
듣고도 무심히 요염을 부리는 자태에

행여 응답이라도 있을까 하여
담장을 기대 넘겨다보는 나의 가슴 아픈 초조로
마지막 한마디 하소연처럼 떨릴 줄은
그대를 두고 처음 느껴보나봐요

고행 끝에 처음으로 견성(見性)*한 수도인의 심정을 노래한다. 큰스님의 체험담일 수도 있다. 마치 사춘기 소년이 담 너머 이웃집 예쁜 소녀의 알몸을 처음 보았을 때의 황홀경이라고나 할까.

깨닫고보면 사루비아꽃 한 송이 속에 우주의 아름다움이 전부 들어 있음을 발견하게 된다.

사루비아여, 나는 당신에게 이 말 한마디만 하겠어요. 당신은 우주 전체의 아름다움을, 진리를 간직하고 있다고.

사루비아여, 많은 사람들이 견성하여 성현이 되려는 꿈을 포기하는가봐요. 당신의 아름다움에 목숨 걸고 매달린다면, 당신은 그에게 아름다운 당신의 몸을 보여줄 텐데. 그를 성현으로 만들어줄 텐데.

사루비아여, 견성하는 게 그다지 어려운 일도 아닌데. 한산 모시치마 저고리 속에 아른거리는 여인의 몸처럼 조금만 수고하면 훤히 볼 수 있는 것인데. 아니, 눈 밝은 사람에게는 화관(花冠)이나 면사포 또는 드레스로, 연지 곤지로 가린다 해도 가려지지 않는데.

사루비아여, 나 그대의 속살을 들여다보면서 두근거리는 심정으로 한마디 전합니다. 당신의 몸은 너무나도 매혹적입니다. 당신의 미모에 무심한 당신, 더욱 아름답습니다. 나는 떨리는 가슴으로 당신에게 고백합니다. '당신은 나의 첫사랑이라고.' 사루비아여, 나의 이 고백을 혹시 꿈속에서라도 들었습니까?

아주 뜻깊은 법문이다. 깨달은 사람은 보고서도 보지 않고, 듣고서도 들지 않고, 말하고서도 말하지 않는 경지에 올라 있다.

그래서 부처님께서도 49년 동안 쉬지 않고 입이 닳도록 합천 해인사 팔만대장경에 쓰여 있는 그 방대한 내용을 말씀하셨지만, 한마디도 말씀한 적이 없다고 잡아떼셨다. 그러나 우리는 그것이 진리의 말씀임을 알고 있다. 스님이 사루비아에게 나의 심장이 두근거리는 말을 듣고도 무심히 요염을 부린다고 말씀하신 것은 부처님께서 49년 동안 설법해놓고도 한마디도 말한 적이 없다고 하신 말씀과 다를 바가 없다.

깨달음의 체험을 마치 사춘기 소년의 풋풋한 떨림에 비유한 스님의 법문은 매우 적절하고 실감나는, 절묘한 비유라고 하지 않을 수 없다.

* 깨달음

하루 삼매

쟁영(崢嶸)한 저 산천
누굴 바래 멈췄나
소슬바람 아랑곳없이
깊은 강물 무심해라

여름학 외줄지어
영산강을 그림치니
팔베고 누웠노라
장부 살림 넉넉하네

하루가 벌써 갔나
저 달은 반만 웃고
장등불 반원 속에
만민은 안락하소서

삼매(三昧)란 수도자의 마음이 한곳에 집중되어 흔들림이 없는 상태를 말한다. 사람의 마음이란 호수의 물과 같이 흔들리지 않으면 고요하고, 고요하면 맑고 평화로우며, 맑고 평화로우면 모든 것이 훤히 보인다.

40년 이상 삼매 속에서 살아온 스님의 경지를, 우리 범부 중생들은 짐작할 수조차 없는 그 경지를 이 노래 속에서 단편적으로나마 엿볼 수 있다.

쟁영한 저 산천, 높고도 의연한 저 산과 물, 누굴 바라보고 멈추었나, 소슬바람 아랑곳없이 깊은 강물 무심하여라

스님의 웅대한 세계를 느낄 수 있는 대목이다. 삼매에 든 스님의 마음은 마치 저 높은 산처럼 흔들림이 없고 넓고 넓은 물처럼 의연하리라.

바깥 세상의 온갖 시끄러운 소리에 아랑곳하지 않는 스님의 기개가 소슬바람에 끄덕도 하지 않는 저 높은 산과 무엇이 다르리. 깊은 강물처럼 고요하고 맑을 뿐이어라. 그 무엇에도 구속됨이 없이 구만리 먼 하늘을 자유롭게 나는 여름날 학이 바로 스님의 친구일 터. 그 다정한 친구들이 외줄로 날아가며 푸른 영산강 물에 그림처럼 비치는 것을 볼 때, 아! 그때 스님의 마음은 얼마나 자유롭고 평화롭고 만족스러울꼬.

하루가 벌써 갔나?*

그 맑은 하루 삼매중에 해는 지고, 다시 달이 지그시 웃으면서 스님에게 말을 걸어올 때, 이 절간 뜰안을 장명등이 반원(半圓) 속에서 은은하게 비추고 있을 때, 스님은 온 인류가 편안하고 즐겁기를 기도 드린다.

* 사실 웬만큼 수도해온 사람이라도 삼매중에 하루종일 버티고 있기란 쉬운 일이 아니다.

바친 시간

처맛물 후둑후둑
행여 내 님인가

영 너머 빨간 단풍
주춤거리다 마는
내 님인가

쓰라린 허전이 겹칠 때
쓰렁쓰렁 가랑잎
내 님인가

청명한 날일수록
님 오는 곳은 멀어지고
흩날리는 백설(白雪)은 내 님인가

흐려서 어두운 밤
정착된 시간이 한스러워
삐그덕 문소리 내 님 소리인가

간간이 들리는 기적 소리
오는지 가는지 나의 짜증이리
그래도 님이 오는가

이 노래를 들으면 스님이 부럽기만 하다.

보통 사람들은 불경을 열심히 읽어도, 아무리 뼈가 흐물거릴 때까지 앉아서 참선을 해도 부처가 무엇인지 모른다. 다만, 그런 노력 속에서 부처 만나기를 소망할 뿐이다.

그러나 스님은 처마 끝에 후둑후둑 떨어지는 빗소리만 들어도 부처님을 만나고, 산 고개에서 물들어가는 단풍만 보아도 부처님을 만난다.

마음이 아리도록 텅 비어 있을 때나 떨어지는 가랑잎을 보아도 부처님을 만나고, 청명한 날 마음이 티없이 맑을 때는 부처님을 만났다는 생각조차 잊어버리고, 흩날리는 백설(白雪)을 보면서도 부처님을 만난다.

그래서 흐리고 어두운 밤에 집착에 매인 중생들의 시간이 한탄스럽다.

드나들 때마다 삐그덕거리는 문소리가 바로 부처님의 소리가 아니더냐! 이따금 들리는 기차 울음소리, 가는 기차는 부처님 가시는 소리, 오는 기차는 부처님 오시는 소리, 아이구 짜증스러워라. 부처님 소리.

이렇듯 스님은 사시사철 밤낮으로 부처님을 만나고 있다. 스님의 삶이 부처님과 함께하는 시간이며 부처님께 바친 시간이다.

내 집 풍속

한줄 폭포
수은과 백옥이 연주하는
멜로디의 아악곡

푸르름이 미소하면
천연 무대 위에 산새
저마다 명가수를 겨루고

연약한 아낙네
붉은 수건을 반만 머리에 얹고
수심도 없어라
얌전한 발걸음

아니다
오늘은 한잔 없어도 좋구나
하늘의 선녀와
우담바라 없어도
시인은 한잠 자고 서러움을 잊겠다

지금 개울 건너편 숲에는 온갖 벌레들이 우짖고 온갖 초목이 모여서 숲의 나라를 만들어나간다. 소나무는 소나무만의 모양과 성질을 갖고 있고, 매미는 매미만의 모양과 소리를 가지고 있다. 이렇듯 만물은 자신만의 모양과 성질을 가진 채 서로 의지하며 살아간다.

사람은 물을 의지하고, 물은 땅을 의지하고, 땅은 창공을 의지하면서 거대한 우주를 형성한다. 이것을 불교에서는 사사무애법계(事事無碍法界) 또는 무진법계(無盡法界)라고 부른다. 무진법계는 말할 수 없이 신비롭고 아름다운 세계다.

「내 집 풍속」은 바로 이 무진법계를 노래하고 있다. 한줄기 폭포가 수은처럼, 백옥처럼 쏟아지면서 내는 소리가 바로 우주의 멜로디가 아니고 무엇이랴? 온갖 산새들은 바로 푸른 산, 자연의 무대 위에서 저마다 목소리를 뽐내고 있구나. 이것이 우주의 교향악이 아니고 무엇이랴?

붉은 수건을 머리에 얹고 즐겁게 걸어가는 가녀린 여인들이 우주의 고운 발걸음이 아니고 무엇이랴? 이토록 아름답고 신비로운 무진법계를 바라보노라면, 굳이 한잔 술에 취하지 않아도 취한 듯하고, 하늘의 선녀들이 없어도, 그리고 하늘에서 떨어지는 우담바라 꽃이 없어도 마음놓고 취하여 잠을 청할 수가 있겠다. 이토록 아름답고 신비로운 세계를 두고서 세상사람들이 내 속을 알아보지 못한다고 서러워할 것 없다. 얼씨구 좋구나!

최윤 시주바랑

자박자박 네 살 동자
백의천사 걸음걸이
부끄러워 몸을 틀고
올 듯 말 듯 귀염둥이

평생토록 무병장수
가는 곳마다 이름 남기고
어서 커서 장부 되어
세계를 키워가라

합장인 듯 반배 하고
빙긋이 웃는 눈 모습
천진보살 닮았는가
해맑아 티없어라

오색 바랑 하늘 바랑
속속들이 예쁘구나
복도 담고 지혜도 담아
행복하게 살아가라

서울 마포 상수동 331-17
아빠는 최우석이요
엄마는 안상원이고
동자야 너 이름 최윤이랬어
그래그래 복 많이 받아라

스님이 네 살 된 어린이 최윤 동자에게 써준 축복의 노래다.

봄날 허전

산까치 운다
망울진 가지엔 뱁새들 논다
강물은 푸르름이 옛이로구나

어슴푸레한
들길 모퉁이 아지랑이 속에
붉은 저고리에 알 듯한 모습이
발길을 돌린 듯하다

목탁새 산사(山寺)를 울리니
만물은 하품하는 듯
어인지고 이 방은 서늘하다

도랑가 물소리 누굴 닮는고
구곡간장 에이는 구금새 목 쉬었는데
안개만 자욱이 오솔길은 희미하다

　보통 사람들에게 이 세상은 고통의 바다며 경쟁 마당이다. 또 언제 무슨 끔찍한 일이 터질지 모르는 불안한 세상이다. 그러나 모든 불안과 경쟁과 고통을 털어버린 스님에게 이 세상은 극락세계다.

　스님이 보기에 이 세상은 봄날처럼 아름답고 허전하기만 한 세상인데, 그 사실을 모르고 아귀다툼 속에서 한세상 살다가 속절없이 떠나는 우리들이 너무도 안타까운 것이다. 어슴푸레한 들길 모퉁이 아지랑이 속에 알 듯한 여인이 붉은 저고리 입고 사라지는 뒷모습처럼 아쉽기 그지없는 세상인 것이다.

　목탁새들도 '아름다운 이 세상 아쉽다!' 목터져라 외쳐댄다. 만물이 이미 알고 있는 말을 목탁새들이 저토록 외치고 있으니 만물은 시끄럽다, 그만 외쳐라 하며 하품한다. 어인 일인가?

　사람들만 모르고 있으니 내 마음은 낯선 사람의 것인 양 서늘하구나! 도랑물도 목탁새 닮아 이 아름다운 세상이 아쉽다고 밤낮을 쉬지 않고 도란도란 소리내고, 뻐꾹새도 사람들의 어리석음에 애간장 녹인다고 외쳐대다가 목이 쉬었다. 진정 사람들의 어리석음은 어느 날 그칠 것인지?

　그날이 마치 안개 자욱한 오솔길처럼 희미하다.

나그네 시계

내 노래여
침묵을 즐기는
산새야 산새야

내 노래여
안고 서고
연륜이 끝이 없다지야

내 노래여
항시 나그네
흐르는 장천수(長川水)야

내 노래여
장엄 제일이니
시방의 산야야

내 노래여
신비(神秘)하기로는
일월이 분명하지야

적멸궁(寂滅宮), 적멸의 세계, 고요한 세계, 침묵의 세계는 모두 같은 말이다. 이 세계는 영원의 세계, 진리의 세계. 온갖 미덕이 가득 차 있는 세계다. 그리고 신비의 세계다. 그것은 이 세상을 떠나 다른 곳에 있는 세상이 아니다. 이 세상이 곧 적멸궁이다. 단지 우리들의 눈이 삼독(三毒)*에 가려져 있기 때문에 바로 보지 못할 뿐이다. 이를 한탄한 노래이다.

내가 즐겨 부르는 노래는 침묵의 세계입니다.
산새들아! 너희들도 그렇겠지.**
내가 앉거나 서 있거나 항상 부르는 노래는 침묵의 세계입니다.
내가 즐겨 부르는 노래는 나그네처럼 흐르는, 긴 강물 같은 진리의 세계입니다. 내가 즐겨 부르는 노래는 장엄하기 그지없는 저 산야와 같은 공덕장(功德藏)의 세계입니다.
내가 즐겨 부르는 노래는 신비의 세계입니다.
뜨고 지는 해와 달이 신비의 세계를 분명하게 보여주지 않습니까?

* 욕심 · 분노 · 어리석음
** 도인의 눈에는 모든 대상이 도인으로 보이기 때문에 스님에게는 산새들도 도인으로 보인다. 유명한 일화가 있다. 조선시대 이태조의 눈에는 무학대사가 돼지로 보이고 무학대사의 눈에는 이태조가 부처로 보였다는 이야기

장엄세계(莊嚴世界)

어화 장엄일세
천지강산 미치겠네
일심법계(一心法界) 완연함이
옛이요 오늘 또 내일

뉘라 슬프뇨
보라 풍족한 삶
생사를 모른다
무궁헙네
피안(彼岸)의 세계여

　장엄세계란 깨달음을 성취한 사람의 눈에 비친 세계다. 삼독(三毒)에 차
있는 중생들이 그들의 생각으로 보는 세계가 아니다. 이루 말할 수 없이 아
름답고 평화로우며 고요하고 깨끗하고 영원한 세계다. 그 세계에서 보면
우주를 형성하는 근본은 물질이 아니라 순수한 마음이다. 그 순수한 마음
바탕에 삼라만상이 건설되어 미칠 정도로 아름다운 파노라마를 펼친다. 그
마음은 영원하며 그 파노라마는 영원히 변한다. 변치 않는 그 마음과 변하
는 그 마음의 파노라마는 둘이 아니다. 그것이 그것이고, 또 그것이 그것이
다. 그런 세계를 일심법계 또는 유심정토(唯心淨土)라고도 한다. 예로부터
수도인들이 이 광경을 비로소 목격할 때는 실제로 미친 짓을 한다. 혼자서
덩실덩실 어깨춤을 추기도 하고, 낮과 밤, 추위와 더위, 배고픔과 배부름의
구별을 완전히 잊어버린 행동을 한다. 평소에 하지 않던 행동을 하므로 옆
에서 볼 때는 미친 사람처럼 보인다. 물론, 사람에 따라서 그 정도는 다르
다. 자제력이 남달리 강한 큰스님이 미친 짓을 억제하려니 더 미칠 지경이
었으리라.

　어화! 장엄세계로다. 천지강산의 신비로움에 미칠 지경이로다. 이것이
일심법계요 유심정토인데 그 모양 뚜렷하구나. 과거, 현재, 미래의 구별 없
이 영원으로 뻗어 있구나. 이런 세계를 두고 슬프다 괴롭다 하니 말이 안
된다.
　보라! 이 넉넉한 세계, 낳고 죽음이 없는 세계, 끝이 없는 세계, 열반세계
로다.

모두가 가는 것

세월도 간다야
나이도 간다야
오락가락하는 인생
너는 어델 가느뇨

산천은 사철이요
인생은 생로병사
뉘와 뜻을 통할까
짝할 자 그 뉘뇨

공수래 공수거라
재법은 그런 것을
어찌 짧다 길다
탓은 웬말이뇨

흐르는 유수 따라
인연이 닿는 곳에
흔연히 법을 풀어
선근(善根)을 심고녀

어화 삼계의 객(客)
이래저래 좋구나
한잠을 자자꾸나
천지가 벗이네

학은 멀리 날아
창공을 수놓고
창해는 어부 청해
긴긴 밤을 달래네

깨달으면 오고감이 없는 세계에 이른다. 영원한 열반세계에 살게 된다. 그 세계에 앉아서 오고가고 변해가는 중생의 삶을 구경하는 것은 흥미 있는 일이다. 중생의 삶이란 그야말로 한 차례 연극처럼 흥미롭다. 지금 스님은 흥타령을 하면서 이 연극을 구경하고 있다.

세월이 가면 나이 먹어 죽고 다시 태어나는 인생들아! 너희들은 어디로 가느냐? 가는 곳이나 알고 가느냐? 춘하추동 변하는 산천, 나고 늙고 병들어 죽는 인생들아! 아무도 알아줄 리 없는 너의 기막힌 사연, 빈손으로 왔다가 빈손으로 가는 것을. 천지만물이 빈손으로 가는 법인데…….

어찌하여 인생이 짧다 길다 탓하는가? 나는 흐르는 물처럼 흘러가다가 혹시 인연 있는 사람들 만나면 내가 닦아온 불법을 가르쳐주면서 그들에게 착한 마음을 갖도록 하고 싶다.

아! 이 몸도 어차피 삼계(三界)*를 찾아온 나그네. 그렇거나 말거나 좋다. 까짓것 잠이나 한숨 자자. 이 몸이야 어차피 벗어 던져버릴 헌옷 보따리 같은 것이 아니냐? 나[眞我]는 천지 우주를 벗삼아 영원을 누리는데 무슨 걱정 있을까? 저 학은 멀리 날면서 내 몸 위에 수를 놓고, 푸른 바다는 내 몸 위에 떠 있고, 어부들은 그 푸른 바다에서 밤새도록 뱃노래를 부르네.

* 중생이 나고 죽으면서 떠도는 세계. 욕계 · 색계 · 무색계

제일악장(第一樂章)

하늘이 좋아 하늘을 날을까요
산이 좋아 산에 오를까요
다 놓아두고 한잠 자다가
봄이 좋아 봄맞이 갈까요

태고부터 즐겨 퉁기던
거문고를 가져다가
저 산야의 운율에 반주하여
꾀꼬리를 지휘자로 등장시켜
수없는 세계의 선인들을 오게 하고
우리는 영원이라는 대열로
노래를 시원케 불러볼까요

촐랑이 동자들이 옥수(玉水)를 떠오고
코끼리, 곰, 사자, 호랑이, 낙타, 늑대, 토끼, 사슴, 하마, 물개, 오징어, 고래, 학,
까치, 오리, 꿩, 참새 엉덩이에 긴 조롱 달아
우리 땅이 꺼지도록 한잔 하고
쿵작작 쿵작작 지그작작
장기자랑 대회라도 시켜볼까요

168

오,

내 사랑아

무궁의 덕상 대지의 믿음아

낙원으로 장식한

룸비니 동산의 무우수의 향기

누구를 위하여 저리 늠름함이기에

오, 제일악장이라 불러두자

깨친 이의 눈에는 이 우주가 한판 풍악이 어우러진 마당으로 보인다. 천지만물이 자기의 독특한 소리를 내면서 함께 연극하는 현장으로 보인다. 가령, 장구가 마당 한복판으로 나와 주연이 되면 징과 꽹과리는 둘러서서 조연이 되어주고, 꽹과리가 주연이 되면 징과 장구가 조연이 되어준다. 산을 중심으로 보면 들과 하늘이 배경이 되고, 들을 중심으로 보면 산과 하늘이 배경이 된다. 곰이 춤을 추면 호랑이와 토끼는 구경꾼이 되어주고, 호랑이가 춤을 추면 곰과 토끼가 구경꾼이 된다. 그것의 특징이라면 모두가 평등하다는 점이다. 이처럼 천지만물은 자기의 고유한 소리로 영원히 서로 주연과 조연이 되면서 진리의 세계에서 풍악을 울리고 있다. 깨친 사람은 태고부터 있었던 이 모든 특징적인 소리들이 영원토록 이어가는 앙상블을 항상 듣고 있는 것이다. 스님은 이 시를 통하여 그것을 말하고자 한 것이다.

하늘은 하늘대로 좋아 날고 싶고, 산은 산대로 좋아 오르고 싶다. 아니다. 둘 다 그만두고 한잠 자는 것도 좋다. 봄은 봄대로 좋으니 봄맞이나 가보자. 봄날 우주의 앙상블이 펼쳐지고 있다. 저 산야의 아름다운 봄노래는 태고부터 들려오는 거문고 소리와 같다. 꾀꼬리를 지휘자로 등장*시켜놓고, 무수한 세계의 신선과 사람들을 모아놓고 영원이라는 무대 위에서 마음껏 노래를 불러보자.**

가수들이 목마르면 어린아이들은 맑은 물을 가져오고, 온갖 짐승과 물고기들은 그 나름대로의 독특한 모양과 동작을 행하니 흡사 장기자랑이라도 벌이고 있는 것 같다.

아! 보기에 너무도 풍요하고 다채롭다. 우리도 한잔 실컷 마시고 함께 놀아나보자. 오, 대지여! 영원히 만덕을 갖춘 믿음직스런 대지여! 이곳이 아름다운 낙원이로다. 룸비니 동산에 무우수 향기도 그윽하다. 늠름한 대지여! 누구를 위하여 이렇게도 찬란한 무대를 꾸며놓고 이렇게도 다채로운 잔치를 벌이고 있는가. 오직 깨달음을 얻은 사람만이 보고 들을 수 있을 것이다.

이 음악, 무궁토록 벌어질 터이니 우선 제일악장(第一樂章)이라 불러두자.

---

* 꾀꼬리가 지휘자가 되면 천지만물은 가수가 된다.
** 천지만물은 영원이라는 무대 위에서 구속받지 않고 제소리를 내면서 협주하고 있다.

애정으로 얽힌 영혼에게

자네 떠나기가 아쉽겠네
할 수 있는가 떠나야 하네
떠날 때는 후회 없이 떠나구려

자네 미련도 있겠네만
할 수 있는가 떠나야 하네
떠날 때는 뒷사정은 잊어야 하네

자네 울 것 같은 모습이네그려
할 수 있는가 떠나야 하네
자네만 그러겠나 모든 사람들이 그렇게 떠났다네

자네 떠날 때 조심하게그려
외로워 섧더라도
또 만나지 않겠는가 그만 떠나게그려

　청춘에 사랑하는 사람을 남겨두고 세상을 뜬다는 것은 참으로 슬픈 일이다. 젊은이의 영혼을 달래주는 법문이다.

성불암(成佛菴) 탐방 헌시

뭇새를 비껴 날으니
학(鶴)이라 했던가
천지를 끌어안아
일기망해(一氣望海)하였네

몰라라 세인(世人)이여
도심(道心)이 무엇인고
모두 털어 방하(放下)하니
원허형(圓虛兄)이 으뜸일세

해월당(海月堂) 좌선대는
몇몇 누구 기다릴까?
지음이여 애당초에
염화미소 알겠노라

174

이 시는 스님이 어느 날 해남군 북일면 바닷가 외진 곳에 있는 소승의 거처를 방문하고 그 자리에서 지어주신 것이다. 절처럼 보이지도 않는 초라한 조립식 집이지만 마음만은 간절하여 성불암(成佛庵)이라 이름 짓고, 언덕빼기에 있는 두어 칸 방이지만 바다에 뜬 달이 하도 좋아 해월당(海月堂)이라 부르며 혼자서 즐기는 곳이다. 나는 이 시를 스님이 소승에게 준 법문으로 알고 참으로 귀하게 간직하고 있다.

수도인은 마치 학처럼 살아야 해. 잡다한 새들과 함께 섞여서는 안 돼. 하늘과 땅을 가슴에 안고 한기운으로 망망대해를 바라보듯 도를 닦아야 해. 마음속에 아무것도 두지 말고 모두 털어내야지.

스님이 소승을 지음(知音)이라 불러주신다. 지음이란 사람의 됨됨이를 속속들이 알아주는 친구를 일컫는 말인데, 소승은 스님의 지음으로는 당치않다고 생각한다. 또 소승을 형이라 이르시는데 이것도 당치않다. 스님은 소승보다 훨씬 전에 스님이 되셨고, 무엇보다도 소승에게 수도의 길을 밝혀주시기 때문이다.

깨친 스님의 눈에는 모두가 형님이며 지음이다. 단단하기로는 돌도 형이며, 하늘을 날 수 있기로는 참새도 형이다. 스님은 나무와도 속말을 나누고 구름과도 속말을 나눈다. 스님에게는 형 아닌 사람이 없고 지음 아닌 것이 없다.

소승이 해월당에서 좌선하고 있을 때 스님의 눈에는 소승도 도인으로 보인다. 도인은 모든 사람을 도인으로 보기 때문이다. 그래서 구름과 속말을 나누듯 소승과 이심전심하신 것이다.

산 너머 정든 집

정든 집 굴뚝에서
연기가 서린다
오거니 가거니
바쁘네그려

담 없는 사립대문
하모니카 소리에
세상을 묻어두고
선정에 들었나

누렁개 짖는 마을
황소 울음소리에도
호수가 낚시꾼은
조을고 있네

세정의 시비 소리
그 누가 옳다더냐
산 너머 달을 걸어
바보웃음 웃어보자

언덕 위 신선집
한산한 산속 그림
벗님과 차 한 잔에
세상이 새롭네그려

오호라, 지음인(知音人)아!
저 멀리 어데 있나
너랑 나랑 솔차 한 잔에
뜻을 담아 마실 것을……

176

정든 집이란 정든 고향집이며, 정든 고향이란 우리가 본래 왔던 자리며, 동시에 우리가 다시 돌아갈 그 자리다. 이른바 만법귀일(萬法歸一)의 자리* 며 바로 깨달음의 세계다. 스님은 항상 그곳에서 살고 계시면서 그곳의 소식을 전해준다. 그러나 그곳은 아무에게나 안겨지는 세상이 아니다. 다만, 깨달음의 산을 넘은 사람만이 살 수 있는 세상이다. 지금 스님은 그곳의 평화로움을 들려준다.

얼마나 평화로운가. 정든 옛집 굴뚝에서는 연기가 모락모락 피어오르고, 사람들은 웃음 지으면서 오거니 가거니, 도둑이 없는지라 담도 없이 홀로 서 있는 사립대문은 하모니카 소리에 모든 걱정 묻어두고 선정에 잠긴 듯 졸고 있다. 저쪽 마을에는 누렁이가 멍멍 짖고, 들에는 황소가 음메~ 길게 소리를 뽑고 있는데 물가에서 낚시꾼은 고기를 낚는지 졸고 있는지 세상 돌아가는 줄 모른다.

이곳 평화의 땅 사람들은 옳고 그름을 따지는 것은 바보들의 짓으로 알고 있건만, 저쪽 고통의 땅 무명에 덮인 사람들은 옳고 그름을 따지느라 핏대를 올리고 있으니 우습고 불쌍하기 짝이 없다. 산 너머 달을 보고 바보웃음이나 터뜨려보자.

언덕 위에 있는 집은 바로 신선이 사는 집이요, 한 폭 고요한 그림이로구나! 이런 뜻을 알고 있는 신선들을 만나 함께 차를 나누니 깨닫기 전에 보지 못했던 이 세계가 눈이 휘둥그레질 정도로 새롭다.

아, 인간세상에 이 뜻을 알고 있는 친구는 어디 있을까! 만나서 솔차를 주고받으면서 마음을 나누면 얼마나 좋을까?

* 모든 것이 돌아가는 한자리

실담밀어(實談密語)

선시(禪是) 즉현본분사(卽現本分事)니
무량공덕상(無量功德相)과 기(機)와 용(用)을 전창(全昌)함이라
정견즉대(正見卽對)니 차후(此後)로 대무의(大無疑)하고
독보건곤(獨步乾坤)하야 생사(生死)를 방과(放過)라
응대부대(應對不對)가 시고(是故)로 유의(有義)니라
무공철추(無孔鐵推)를 투파(透破)하니 한바탕 무일사(無一事)로다
석가(釋迦)도 미전(未傳)커니
하자(何者)가 능수(能受)리요
가가(可可)라 가가(可可)라 우가가(又可可)라

◇ 선(禪)이란 곧 본분사(根源)를 드러냄이니, 무량한 공덕과 기와 용을 함께 들어 보이는 것이다. 바로 보고(편견이 아닌 전체의 안목으로) 바로 대하는 것이니, 이런 연후에는 모든 의심이 없어서, 홀로 하늘과 땅을 걸어다니며 생사를 놓아버리는지라, 응당히 대하고 묵묵하여 대하지 않음은 차별의 지혜다. 무공철추를 꿰뚫어 파했으니 한바탕 일 없음이로다. 석가모니 부처님도 전해주지 못했거니 어떤 자가 능히 주고받으리요. 그렇고 그렇다 그렇고 그러하다 또 그렇고 그러하도다.

실담(實談)이란 거짓말의 반대인 진실한 말이다. 밀어(密語)란 비밀스런 말, 즉 누구나 할 수 있고 알 수 있는 말이 아니라 깨친 사람들끼리만 알 수 있고 전할 수 있는 말이다. 스님이 친히 주석을 했으나 독자들을 위하여 풀이한다.

선(禪)이란 곧 우주만물의 근본을 드러내는 것이요, 우주 만물이 갖고 있는 무한한 공과 덕, 기세와 작용을 모두 들어 보이는 것이다. 선을 닦아서, 즉 수도를 통하여 만물의 근본을 알고, 그 무한한 능력과 작용을 알 수 있어야 세상을 바로 보고 바로 대할 수 있다. 이런 연후에는 모든 의심과 두려움이 없어져 천상천하유아독존(天上天下唯我獨尊)*의 고귀한 절대자가 되어 생사를 초월하는지라 생사의 두려움을 놓을 수 있게 된다.

사람과 일을 대할 때 두려움이 없으므로 당당하게 대할 수 있고 사람과 일을 이미 초월하였기 때문에 사실은 맞대하지 않고 있다. 이러므로 차별의 지혜라 볼 수 있다.** 이런 지혜로써 우주의 모든 진리를 뚫고 정복했으니*** 이제 인간으로서 더이상 할 일이 없는 것이다.

이러한 내용은 석가모니 부처님도 전하지 못했거니 어떤 사람이 능히 전할 수 있겠는가? 그렇고 그렇다. 다만, 도인이라야 전할 수 있고, 도인이라야 전함을 받을 수 있을 것이다. 부처님의 제자들이 많았지만 그들 중에서 오직 가섭만이 부처님의 깨달음을 받을 수 있었다.

* 하늘 위 하늘 아래서 오직 나 홀로 존귀하다.
** 사실 본인에게는 하나의 지혜지만 바깥에서 볼 때는 차별의 지혜일 것이다.
*** 우주는 빈틈없는 쇳덩어리와 같은 진리체기 때문에 무공철추라고 비유한다.

정견진설(正見眞說)

청풍이 서린
밝은 달밤에
적멸보궁을 참배하니

석가 노자는
놀러 갔다 하고
문수 보현은 쫓겨났다

허허
그런가
삽삽조사(三十三祖師)여 그런가

새 소리 물 소리
장엄찰해(莊嚴刹海)여
응답하는 메아리가 낭랑하구나

중생들은 이런저런 생각에 끝없이 끌려 다니면서 일생을 보낸다. 번뇌 망상의 감옥에 갇혀 바깥 세상을 보지 못한다.

이 법문은 번뇌망상의 감옥 바깥 세상을 보여준다.

깨침의 세계는 적멸보궁(寂滅寶宮)이다. 온갖 것이 구비되어 있는 고요한 보배의 궁전이다. 그곳은 달밤처럼 밝고 맑은 바람처럼 시원한 세계다. 오직 하늘 위 하늘 아래에서 나만이 존귀한, 즉 천상천하유아독존(天上天下唯我獨尊)의 세계다.

그곳은 석가도 노자도 보이지 않고 문수보살 보현보살도 없는, 다만 나 자신만이 홀로 있는 세계다. 그래서 조선시대 고승 태고 보우국사도 이렇게 읊었다.

中無一物本來請舉世無人窺戶庭

그 세계 가운데는 한 물건도 없어 본래로 맑으며 그 궁전을 엿볼 사람 세상에 없다

스님은 그러한 낙원에서 만족하면서 역대 33조사*님들에게 그렇지 않냐? 고 손을 맞잡고 웃음을 나눈다.

그곳은 온갖 신비로운 소리로 가득 찬 끝없이 아름다운 곳. 그곳에서 들려오는 소리 없는 메아리가 스님의 귀에 울린다.

* 삽삽조사(33祖師) : 인도의 석가모니 부처님으로부터 달마대사에 이르기까지 스물여덟 분, 중국의 혜가 · 승찬 · 도신 · 홍인 · 혜능 다섯 분. '33'은 '삽삽'으로 읽는 관용어다.

명일천하(明日天下)야

숨길 수 없어요   장부타령아
밝은 천하야   그래 그래
지신(地神) 목신(木神)아   좋고 좋아
금신(金神) 수신(水神)아   보탤 수 없어요
화신(火神) 공신(空神)아   뺄 수 없어요
우주(宇宙) 전신(全神)아
일광보살(日光菩薩)아
월광보살(月光菩薩)아
주주법계(珠珠法界)야
삼라만상(森羅萬象)아
대소장단(大小長短)아
주야장천(晝夜長川)아
일천(一千) 강물에
비치는 달아
가도 감인들
와도 옴인들
중중무진(重重無盡)아
이사법계(理事法界)야
명일천하(明日天下)야

고려시대의 백운(白雲)스님은 이렇게 말씀하였다.

平常心是道	평상시의 마음이 바로 도요
諸法觀體眞	눈에 보이는 모든 것이 진리다
法法不相到	진리와 진리는 서로 어긋나지 않으니
山山水是水	산은 산이요 물은 물이로다

역시 스님도 우주 안의 모든 것들이 바로 신(神)이며 진리의 화신이자 불보살의 화신이라고 말씀하신다.

해와 달이 떠 있는 밝은 천지가 바로 신의 세계요, 불보살의 세계요, 진리의 세계임을 숨길 수 없다.

땅이 신이요, 나무가 신이요, 금이 신이요, 물이 신이요, 불이 신이요, 하늘이 신이요, 우주가 전체로 신이다.

해가 바로 보살이며, 달이 바로 보살이다. 진리의 구슬로 가득 찬 우주, 그래서 삼라만상이 진리로다.

큰 것은 큰 대로 진리, 작으면 작은 대로 진리, 긴 것은 긴 대로 짧으면 짧은 대로 진리, 일천 강물에 비치는 달은 그대로 진리, 간다고 가도 진리, 온다고 와도 진리, 모두가 진리다.

겹겹이 겹친 끝없는 진리의 세계여, 눈에 보이는 진리의 세계와 눈에 보이지 않는 진리의 세계가 서로 어긋나지 않는구나.

해와 달, 떠 있는 밝은 세계여, 네가 바로 깨달은 사람의 노래를 부르고 있다. 그래 그래 좋고 좋다. 너의 노래가 맞다. 너의 노래에 보탤 것도 없고 뺄 것도 없다. 너의 노래가 바로 나의 노래이다.

돌

눈 없어 차라리 좋아라
귀 없어 차라리 좋아라
입 없어 차라리 좋아라

그래도
한 번쯤
말이나 해볼꺼나

삼백육십오일
늦게나 늦도록
묵묵부답이 차라리 좋아라

그리하여
육중한 천지(天地) 앞에
숨쉬지 않는 너의 대답

밀밀밀어여
태고의 적정이여
순결로써 묵연함이로세

스님은 돌의 침묵을 칭찬한다. 세상의 시끄러움에 싫증났기 때문이다. 세상의 시끄러움이 안타깝기 때문이다. 세상은 시끄러움 때문에 병들어 있고 시끄러움 때문에 불행하다. 그래서 병이 나면 시끄러움을 피해 있어야 한다. 입도 귀도 눈도 막고 조용히 쉬어야 한다.

무상게(無常偈)에 이렇게 쓰여 있다.

諸行無常	모든 일은 잠깐이며 영원치 않다
是生滅法	생겼다 없어진다
生滅滅己	생기고 없어짐이 그친다면
寂滅爲樂	고요하여 즐거움이 된다

돌아! 사람들의 눈은 모두가 제 나름으로 보는데 너는 차라리 눈이 없는 게 좋다. 사람들의 귀는 모두가 제 나름으로 듣는데 너는 차라리 귀가 없는 게 좋다. 사람들의 입은 모두가 제 나름으로 말하는데 너는 차라리 입이 없는 게 좋다.

그래도 너 그토록 침묵하고 있는 걸 보면 한 번쯤은 좋은 말을 할 것 같은데 나한테만 한마디 해보렴. 삼백육십오일 기다려도 말이 없구나. 그래 그래, 너의 대답 없음이 차라리 좋다.

그렇다. 무겁게 침묵을 지키고 있는 드높은 하늘과 드넓은 대지도 있는데 너가 무슨 말을 하겠느냐!

말없고 말없는 가운데 말없는 말이여. 태고의 고요함이여. 오직 순결을 지켜오면서 말없는 그대로일세!

수
행
의
길

먼 고향 항구 연구포여

내가 울며 떠나던 항구
내가 손 저으며 떠나던 항구
굽이굽이 물결 따라 풍랑 따라
멀어만지는 내 고향 저 항구

사나이 맨주먹에 결심만 안고
정처없이 표류하며 떠나던 항구
뗏목 위에 이 인생이 무엇이 될꼬
제비야, 어느 삼월 항구에서 다시 만날까

파도야 항구야 내 고향 지켜다오
나 오늘 이 슬픔이 저 산천 두고 목이 멘다만
그래두야 약속한다 정다운 파도야
사나이 손수건에 이별가 새긴다

사랑하는 가족과 떨어져 한 달만이라도 깊은 산, 고요한 절에 머물러보라. 흡사 끝없는 바다 한복판, 어느 무인도에 혼자 떨어진 것 같은 완전한 고독이 엄습할 것이다. 이 세상에서 가장 큰 슬픔은 사랑하는 가족과의 이별인 것이다.

천성(天性)이 다정다감한 스님은 열여섯 살 소년시절, 오직 구도(求道)의 일념에서 사랑하는 부모형제, 예쁜 누이들, 그리고 정든 마을을 멀리두고 고향 해남군 마산면 연구포에서 조각배에 몸을 싣고 낯선 산사(山寺)를 향하여 푸른 물결을 건넜다. 기어이 성불하여 뭇 중생들을 제도할 수 있는 도(道)를 얻고나서야 이 땅을 찾겠다고 약속하면서, 뱃머리에서 멀어져간 고향 산천을 바라보며 손수건을 꺼내 눈물 닦던 소년의 모습을 상상해보면 눈시울이 뜨겁다.

보통사람 같으면 도회지를 찾아가 공부하여 출세하려고, 또는 돈을 벌어 큰 부자가 되려고 고향을 떠났으련만 유난히 돈과 명예에 말할 수 없이 굶주리던 1950년대에, 그리하여 큰 재벌이나 학자가 되어 떵떵거리면서 세상 사람들에게 군림하고 싶은 꿈을 꾸어야 할 그 나이에 어떻게 내 이웃을 구제하는 성인(聖人)이 되려 했을까. 생각해볼수록 드문 일이 아닐 수 없다.

이 울음 아시나요

소쩍새 우는 늪진 산골
나의 이 마음을 이해나 할 듯
쉬는 사람 귀에만 들려온다

입을 다물던 서러움
그런대로 인욕으로 달래던 시절도
목 쉰 저 소리엔 눈물만 흐른다

산이 좋아 우느냐
하늘 보고 우느냐
님 오는 곳 없어 우느냐
아니면 누구에게도 이야기 못하는
사연에 우느냐
나도 소리 없는 눈물이 나는구나

석가모니께서 모진 고행 끝에 드디어 깨닫고나서, 자신을 배척했던 다섯 명의 수도승들에게 나는 깨달았다고[覺者] 스스로 선언했다. 다섯은 그를 따랐다. 그러나 오늘날 세태는 어떤가?

남을 인정하려 하는가? 도인을 도인으로 알아보고 따르려 하는가? 아예 알고 노력하지도 않는다. 아니, 도인을 의심하고 헐뜯지나 않았으면 좋겠다는 것은 나만의 생각일까?

나는 스님의 외로움에 늘 민망스럽다.

외진 산골짜기에서 피를 토하며 우는 소쩍새야! 나의 마음을 이해하는 듯한 너의 울음소리가 깨달음을 얻어, 우주의 정복자가 되어, 이제 더이상 할 일이 없어 쉬고 있는 나의 귀에까지 들려오는구나.

일찍 출가하여 고행 끝에 어린 나이에 깨달음을 얻었으나 남을 인정하는 데 몹시도 인색한 사람들에게 나의 소중한 소식을 전하지 못한 채 입 다물고 서럽게 참으면서 살아왔다. 내 그 기나긴 세월을 생각하며 저 소쩍새의 목 쉰 울음소리 듣자하니 눈물만 나는구나.

소쩍새야! 너는 산이 좋아 우는 것이 아닐 것이다. 하늘을 쳐다보고 까닭 없이 우는 것도 아닐 것이다. 너의 울음을 달래줄 님이 오지 않아서 우는 게지, 아니면 말로써 깨달음을 전할 수 없기 때문에 우는 게지. 그러나 너는 울기나 하건만 나는 울지도 못하고 소리 없이 눈물만 짓는다.

합장(合掌)하는 이별가

그대 눈물은 설지만
나는 벅차고 먼 길을 걷는 사람이오니
행여 원심은 부디 금물이옵니다

내 항상 부르는 노래에는
장단이 있을 리 없사오니
행여 혼자의 욕심은 부디 금물입니다

그대 보내기는
내 마음도 설지만
허나 생각과 생각이 일치하고
용모와 미모와 거동이 다 아니오니
행여 후회는 부디 금물이옵니다

그대 가시는 길은 빛이 되고
그대 삶에 행복이 있으시다면
나는 자비의 향불을 사르겠습니다

깨쳤다고 해서 보통 사람들이 느끼는 이별의 슬픔을 느끼지 않는 것은 아니다. 다만, 그 슬픔은 무한한 광명 속에 순식간에 녹아버리는 것이다. 마치 큰 화로 위에 떨어지는 먼지처럼 순식간에 타서 없어진다. 보통 사람들의 만남과 이별은 기막힌 기쁨과 슬픔일 수 있겠지만, 스님의 무한히 밝고 맑은 마음에는 아무런 움직임을 주지 않는다.

그대의 눈물은 서럽지만 나는 무한한 밝음을 가슴에 담고 있는 사람입니다. 그러므로 당신께서는 행여라도 나를 원망하지 마십시오.

사람들의 노래 속에는 수많은 감정의 장단이 있지만 나의 노래 속에는 감정의 장단이 없습니다. 밝음 하나뿐입니다. 그러므로 당신께서는 행여 나의 마음이 당신의 마음과 함께 움직여주기를 바라는 욕심은 내지 마십시오. 당신을 보내기에는 나의 마음도 서럽습니다.*

그러나 당신은 떠나려 하고, 나 또한 당신을 붙잡지 않습니다. 부디 아십시오. 당신의 얼굴, 아름다운 모습, 당신의 움직임 모두가 무상한 것입니다. 순간일 뿐입니다. 마치 활활 타고 있는 불 위에 떨어지는 먼지처럼 무상한 것입니다. 당신의 후회도 마찬가지입니다.

나는 다만 당신의 가는 길에 빛이 있고 행복이 있기를 기도하면서 향불을 피워드립니다.

---

* 여기서 스님의 서러움은 부처님께서 중생에게 갖는 대자대비한 마음인 것을 알아야 한다.

국화 앞에서

국화 앞에서 울었소
국화 앞에서 울다가 눈물을 씻었소
한여름을 지나 늦가을에 피는 국화만이
알 것 같아서
국화 앞에서 울었소

국화 앞에서 울었소
국화는 차라리 나의 눈물을 씻게 하였소
만물이 사랑을 뿌리치며 무상가를 부를 때
이심전심에서
국화 앞에서 울었소

어느새 육십을 넘긴 스님의 삶을 들여다보면, 한편으로는 수행터로서 무안 약사사를 지으시고 한편으로는 깨달음의 경지에서 더욱 정진하고 계신다. 부모 유산 없이 맨손 쥐고 출발해서 돈을 벌어 집 한 채 지어본 사람들이라면 스님의 노고에 동정할 수 있을 것이며, 수행길에 들어선 스님들은 번뇌망상 잠재우고 용맹정진하여 깨달음을 얻는다는 것이 예삿일이 아님을 절감할 것이다. 평생을 바쳐 두 가지 일을 이루고난 후, 수십 년이 지난 일들을 혼자서 뒤돌아볼 때 그만 말없이 떨어지는 스님의 눈물이 이 노래인 것이다.

여름의 무더위와 비바람을 이겨내고서 늦은 자태를 드러내는 국화를 보면서 힘들었던 지난날을 생각하니 왠지 눈물이 납니다.

그렇지만 나의 삶을 알아주는 국화가 있으니 울다가 눈물을 씻었나이다.

국화야! 내가 너를 알 듯 너도 나를 알 것이다. 우리 함께 울자.

지난 여름을 이겨낸 국화 앞에서 나는 눈물을 흘렸소. 차라리 국화만이 내 인생을 알 수 있을 것 같아 나는 눈물을 씻었소.

가을이 되어 초목은 초목대로 덧없음(無常)을 보여주고, 사람들은 부처님의 대자대비한 사랑을 몸에 담겠다는 큰 뜻을 뿌리치고, 대신 "화무십일홍(花無十日紅)이요 어제 청춘 오늘 백발"이라는 노래로 세월을 허송할 때 스님은 고행을 계속하였다. 그러나 캄캄하고 야속한 세상에 묻혀 사는 스님은 누구랑 벗할 것인가. 여름내 고생 끝에 꽃을 피운 국화와는 이심전심이 된다. 국화야! 너는 너의 향기를 늦가을 맑은 하늘에 마음껏 풍겨댄다만, 나는 부처님의 대자대비한 사랑의 소식을 전할 수 있는 마음의 벗이 없어 네 앞에서 한숨 짓는다.

지장보살 발원

솜털 뭉게구름을 딛고
귀한 선녀 걸음으로
미소 머금고
저 석양의 노을을 안고
살며시 나에게로 오시옵소서

견우 직녀의 만남은
말은 익숙하지 못하오나
엄숙한 밤의 대화가 있을 것이오니
저 달을 데리고 살며시 오사이다

천품이 탁월하여 일찍이 홍안 소년 열여덟 살에 깨달음을 얻은 후 수도
에 정진하면서 이제 육십을 넘긴 스님의 세계는 범인들로서는 도저히 짐작
할 수 없는 세계다. 깊이를 측량할 수 없는 진리의 세계이며, 한없이 아름
다운 연화장(蓮華藏)세계이다.

지장보살(地藏菩薩)은 중생들의 서원(誓願)을 모조리 들어주는 부처님의
화신이다. 그의 편안함과 인내의 무한함이 땅과 같아서 지장보살이라 한
다. 또, 추운 겨울날 헐벗은 사람에게 입은 옷을 벗어주고 자신의 알몸을
보고 부끄러워 땅속으로 숨어버린 한 처녀가 수도 끝에 보살이 되었다 하
여 지장보살이라 부른다.

스님의 법호는 관허(貫虛)다. '우주 허공을 꿰뚫는다'는 뜻이다. 스님의
서원이 우주 허공을 사무친다. 그래서 스님은 지장보살이 그리운 것이다.

사랑하는 지장보살님, 연화장세계의 아름다운 솜털 구름 딛고 고귀한 선
녀의 걸음으로 미소 머금고 노을을 안고 내게로 오시옵소서.

나는 견우, 당신은 직녀

우리의 가슴 설레는 만남은 자꾸만 말을 더듬거리게 합니다.

깨달음의 세계는 말이 없는 세계니까, 깨닫고보니 말이 없는 세계지만
할말이 끝이 없습니다. 밤이 새도록 진리의 말을 나누어봅시다. 중생의 어
두운 세상을 밝혀주는 달빛처럼, 중생의 아픈 마음을 부드럽게 만져주는
달빛처럼, 우리도 사랑의 대화를 나누어봅시다.

나그네 숙원

물은 옛이로되
인심은 설구나
차라리 토굴 지어
여생을 보낼까

산들아 귀가 있어
내 말을 듣는가
허공아 창자 있어
내 속을 아느냐

잎이여 낙엽됨에
세월은 오가고
영원을 노래하는
님은 어데 갔소

시비야 있을손가
뉘를 원망하랴
무량관이 성취될 때
목놓아 웃으리라

나는 스님의 이 노래 속에서 이따금 역사에 나타나 인류의 등불이 된 성현들의 외로움이 얼마나 절절했을까를 되씹어본다.

수많은 수행자들을 모아놓고 그가 닦은 높은 수준의 법문을 펴지 못하고 바가지를 두드리면서 시장 바닥에서 잡인들과 어울렸던 원효스님, 어려서 부모 잃고 서럽게 자라 큰사람이 되었으나 오히려 조국에서 쫓겨나 세상천지를 떠돌던 공자님, 통나무를 집으로 삼고 천하를 떠돌던 고대 그리스의 철학자 디오게네스, 이런 분들의 심정이 바로 이 노래가 아닐까 한다.

물은 옛날처럼 변함없구나. 그래서 진실하고 진실하니 거짓없구나!

진실한 것이 바로 진리가 아니더냐. 그런데 인심은 왜 이리도 변화무쌍하며 진실하지 못하고! 왜 이리도 거짓이 많으며 진리와 동떨어져 있는고!

슬프다. 내 차라리 깊은 산속에 들어가 움막이나 지어놓고 여생을 보내는 게 더 낫겠다. 산들아, 너희들은 나의 말을 알아듣는가? 허공아, 너만은 나의 말을 알고 있느냐?

계절이 바뀌면 푸른 잎은 낙엽이 되고 그러면서 세월은 흘러가거늘. 세월은 가는데 왜 사람들은 영생을 누리는 자기 부처는 찾지 않는가?

사람들의 마음이 어둡다고 하지만 내 굳이 그것에 대하여 따져 묻지 않으리라. 바라건대 모든 사람에게는 부처가 될 수 있는 마음이 있기 때문이다. 그 마음을 닦고 또 닦아서 그 사람이 부처가 되어 만물을 평등하게 자비로운 눈빛으로 바라볼 때* 그때가 되면 그와 나는 손잡고 목놓아 웃게 되겠지.

* 무량관을 얻을 때

불효자식

어버이께 불효는 셋째아들이란
차별이 아니옵니다
간절한 한 생각이 미진하여 사십 줄을
채웠나봅니다

어버이께 불효는 옛날로부터
불효하기 위한 불효는 아니옵니다
잘못된 사회상이 나를 타향에 돌게 하고
또 나를 돈 없는 아이가 되게 하여
높은 부처님의 말씀을 듣게 하였습니다

어버이께 불효는 이미 지어버렸습니다
자식이 갈 수 있는 길이 아니옵기에 입니다
불효를 느낄 수 있는 이 시간이 없었다면
나는 지금쯤 지장보살을 부르지 않았을 것입니다

염불로 염불로 참회합니다
따뜻한 밥 못 지어드려서
경구로 대신하여 눈물 흘립니다
불효자가 되어서 울고 있습니다

옛날부터 훌륭한 인물치고 효자 아닌 사람은 없었다. 옛날, 중국의 어느 스님은 노모(老母)를 등에 업고 다니면서 이산 저산에 움막을 치고 수도했다고 한다. 8남매 4형제 중 셋째아들로 태어난 스님도 만약 부모 곁에서 살았더라면 지극한 효자가 되었으리라. 1950년대 한국전쟁 당시 돈 없는 천재소년은 배움의 기회를 갖지 못하고 거친 타향살이에 몸을 두고 있었다. 다행스럽게도 부처님의 가르침을 만나 큰스님이 되어 세상 부러운 것도, 한탄스러운 것도 다 씻어버릴 수 있게 되었지만, 살아생전에 부모님께 따뜻한 밥 한 그릇 손수 지어올리지 못한 불효가 가슴에 한이 되어 눈물을 삼킨 채 지장보살을 부르면서 부모님의 명복을 빌고 있다. 그런 스님의 모습이 눈물겹기만 하다.

부모님, 어버이께 효도하는 데 첫째아들, 둘째아들, 셋째아들 무슨 차별이 있겠습니까? 불도(佛道)를 끝까지 마치겠다는 간절한 소망을 이루려다 보니 어느새 마흔이 되었습니다.

저는 어려서 함께 살 때 부모님을 기쁘게 해드리는 일이 좋았습니다. 이렇게 불효자가 된 것은 천만뜻밖입니다. 세상의 잘못입니다. 같은 민족끼리 전쟁을 일으키고 잘사는 사람들만 너무 잘살고, 그래서 돈 없는 소년은 타향을 맴돌다가 큰사람이 되려고 스님이 되었습니다.

부모님, 이에 스님이 된 저로서 어찌하겠습니까? 시도 때도 없이 떠오르는 불효자라는 생각을 지워버리지 않고는 수도(修道)에 전념할 수가 없었습니다. 그래서 불효라는 생각을 제 가슴에서 억지로 지워버렸나이다. 그러나 그 생각이 언뜻언뜻 달려들면 지장보살님을 부르면서 부모님 생각을 억누르고 살아왔습니다. 따뜻한 밥 한 그릇 올리지 못한 죄, 부모님 영전에 부처님 말씀 대신 올리면서 불효자는 웁니다.

청평강에서

청평강 달을 실어
배를 젓는 저 사나이
향한 곳 어디기에
정처없이 떠가느냐

구름 가고 달도 가니
내 인생 떠가누나
한(恨) 키우는 만상(萬相) 앞에
하소연 털어볼까

못다한 불효자식
성화(聖火) 밝힙니다
산에서 반생을
부끄럽게 살았어요

남보다 더 많은 재산을 차지하기 위하여, 남보다 더 높은 자리에 앉기 위하여, 남보다 더 많은 지식을 얻기 위하여 쉬어갈 줄 모르고 허덕이는 인생. 꼭 이렇게 살아야 할까? 한번쯤 반성해볼 일이 아닐까? 그렇다고 더 건강하고 행복한 것도 아니지 않는가?

예로부터 수행자들은 재산이나 지위, 지식 따위는 거들떠보지 않는다. 온 천하가 내 몸이요 내 것인데 더이상 무엇을 탐(貪)하랴?

몰라서 탐내는 것이다. 본래부터 천하가 내 소유인 것을.

깨달음의 밝은 세계를 가슴에 담았으니 더이상 할 일이 없어 청평강에 배 띄워놓고 뱃놀이나 즐기고 있는 저 사나이야! *

정해둔 목적지도 없이 물결치는 대로 정처없이 흘러간다. 구름도 가고 달도 가고 세월도 가니 내 인생도 저절로 가는구나. 저절로 가는 내 인생 바랄 것 없지만 내 가슴에 한(恨)이 되는 것 한 가지 있으니 천지만물을 향해서 하소연하고 싶구나.

부모님! 이 불효자식 용서하소서. 부처님 앞에 촛불을 밝힙니다.

1,600여 년 불교역사를 보면 아무나 훌륭한 스님이 되는 것은 아니었음을 발견하게 된다. 인간이 된 스님들이 훌륭한 스님이 된다. 절에 들어와 수도한다고 하루이틀 만에 도인이 되는 것이 아니므로 평생을 수도에 바치다보면 그 사이 부모님은 세상을 하직한다. 그 기막힌 심정을 천지신명께 하소연하고 있다.

* 큰스님 자신을 말한다.

산사여담

북풍이 회오리칠 때
가랑잎이 하늘을 수심지을 무렵
나그네, 석양을 지고 입산하던 날

빤한 외길이 하늘로 통하여
선남선녀의 화신으로 재촉하던 때
한생을 무한 속에 숨기던 지금

천만년으로 가름하는 부처님 앞에
고뇌의 세상은 뒤켠에 두고
뿌연 안개가 새벽닭을 울리게 할 때

고향산천 버려두고 외로이 먹물옷 걸쳐입고 이산 저산 차디찬 절간을 찾아다니는 수도승의 처지는 세상사람이 보기에는 그지없이 쓸쓸하다. 고독한 삶에 익숙해진 늙은 스님들도 '아, 외로운 나그네 인생이로다!' 하며 탄식할 때가 있다. 하물며 나이 열여섯의 홍안소년이 부모형제와 작별하고 입산하던 날, 늦가을 북풍에 가랑잎이 휘날리던 유난히도 을씨년스러웠던 그날, 그 감회는 세월이 지나도 스님의 마음 한구석에 지워지지 않고 남아 있을 것이다.

북풍 회오리바람에 나부끼는 가랑잎에 내 마음 서러웠던 그날, 열여섯 살 소년이었던 나는 석양을 뒤로 하고 산에 들어왔지요. 산꼭대기에 있는, 절로 올라가는 빤히 보이는 외길이 하늘 닿을 듯 뻗어 있는데, 내 생각으로는 그 절에는 착한 사람들(善男善女)만 살고 있을 것 같아, 그 사람들이 어서 올라오라고 재촉하는 것 같아 부지런히 올라갔습니다. 알고보니 그때가 지금입니다.*

알고보니 그때가 나의 인생이 영원 속에 잠긴 순간이었으며 그 순간이 지금입니다. 고향집이었다면 깊은 잠을 자고 있었으련만, 그날부터 나는 산사에 안개가 깔리고 새벽닭이 잠에서 깨어날 때까지 고뇌의 세상을 뒤켠에 두고 부처님 앞에 무릎 꿇고 수행해왔습니다.

---

* 귀담아 들어야 할 스님의 법문이다. 깨친 사람의 눈에는 과거와 미래가 따로 없다. 중생들은 생각이 막혀 있기 때문에 시간을 과거, 현재, 미래로 나눠서 보지만, 깨친 사람의 마음은 무한으로 터져 있기 때문에 과거와 미래의 구별이 있을 수 없다. 한순간이 영원이고 영원이 한순간이다.

풋이별

가슴이 미어지는 것
녹색 짙은 먼 외길
한없이 눈물만 흐르게 한다

무정한 노래
한마디 없는 산천
기차는 고함을 지른다

넋이 빠진 비석
진땀이 배일 적
아지랑이만이 알 듯도 하다

한숨을 허공에 싣고
발길을 옮겨
뒤틀린 창자와 대화하는 발걸음
힘없이 다리만 무겁다

차라리 만나지 않았다면
차라리 만났다면 전생 후생 미래를 다 말할 것을
아니야 인연이 없었나보다

이 시를 보고 나는 스님께 감히 물었다.

"스님, 좋아했던 소녀가 있었던 것 같은데 그때가 몇 살 때였습니까?"

"내 나이 스물한 살 그때 통도사에 있었을 때인데…… 절에 드나들던 한 소녀가 날 따랐지요. 여고를 갓 졸업했는데…… 얼굴이 달처럼 곱고 청순해서 잠깐 마음이 끌렸던 게 사실입니다. 숨기지 않고 싶습니다. 그러나 곧 뿌리치고 먼 절로 옮겨가는데 가슴이 아팠습니다. 인생길이 달라서, 인연이 없어서 이대로 수도자의 길을 간다는 말도 남기지 않고 기차 타고 멀리 떠나버렸습니다."

이렇게만 살고

나는 삼백육십오일 밤낮을 지새워
울고만 울고만 싶습니다

나는 삼백육십오일을 울다가 살생을 하지 않는
사람이 오면 환대하여 나의 속속에 간직한
시원한 한마디를 소곤소곤 뇌까리겠나이다

또 나는 삼백육십오일을 울다가 울다가
삼라와 내가 둘이 아니라는 소식을 반(半)만이라도
말하는 이 있거든 울음을 그쳐서
청한주(靑閒酒) 반잔을 같이 들겠나이다

나는 울고만 울고만 싶습니다
세상사를 보고는 울고만 울고만 싶습니다
나만 우는 것이 아니라 산도 허공도 세계도
지금 울고 울고 또 울고 있습니다

　스님을 알아볼 수 있고 스님과 가슴 깊은 이야기를 나눌 수 있는 사람은 깨달은 사람이다. 그런데 진실로 깨달은 사람을 찾기란 힘든 세상이다. 그래서 스님은 일년 삼백육십오일을 외롭게 살고 계신다.

　깨달은 사람이란 어떤 사람일까? 남의 생명이 바로 나의 생명임을 아는 사람이며, 천지만물과 내 몸이 둘이 아니라 하나임을 알고 있는 사람이다. 그래서 내가 울면 우주 만물이 울고, 내가 아프면 만물이 아프다. 또 세상이 병들면 내가 병들고 이웃이 병들면 내가 병들게 되는 것이다.

팔월고향

엄마
네 살 때때옷
배가 불룩
양켠 주머니 불룩
달이 밝아 수줍었어요

엄마
시렁 석작 위에
삼일이 지난
꼬들꼬들한 송편 시루편

뭉텅이 돼지고기
부침 사과 배
하나 둘
한점 두점
엄마

속일 수 없는 욕심이
배만 불리었는데
저켠 강강수월래
누나 꽁무니도 따르고 싶어
엄마 앙앙 울던 때
엄마

엄마
타향 십육 년
높은 암자 서성거리는 나무들
배는 고픈 듯
주머니는 비었는데
그래도 달이 밝아 웃었어요

엄마
피와 땀과 정성을 들여
하늘의 은혜, 땅의 덕
하도 감사하여
그리고 성묘 가던 날

엄마

이제 불효를 버리기 위하여

계향(戒香) 정향(定香) 혜향(慧香)

이러다가 날이 저물고

다시 송경함이

은혜를 갚는 효성일까요

엄마

엄마의 젖줄

엄마의 수고

만법적일(萬法寂一)

일적가경(一寂佳景)으로

감사올릴까요

엄마

엄마에게만

공양드리나이다

이방인들에게 추석 명절이 다가오면 고향생각이 간절하다. 더구나 함께 살았던 때의 어머니를 생각하게 되면 애간장이 끊어지리라. 이 시는 효심이 지극하고 마음 여린 스님이 어린 열여섯 나이에 어머님을 이별하고 타향살이 16년이 되던 어느 추석날 적어본 사모곡이다. 아! 그때 1940년대는 우리 겨레가 어찌나 가난했던지.

엄마! 네 살 때 꼬까옷 입고 이것저것 집어먹고 배가 불룩 튀어나오고 또 이것저것 집어넣은 호주머니도 불룩 튀어나오고, 그래서 보름달 밝은 달빛에 내 모양을 보고서 혼자 수줍었습니다.

엄마! 우리 8남매 아이들 몰래 시렁 위에 얹어놓은 음식들 엄마 몰래 하나 둘 훔쳐 먹었습니다. 배가 부르도록 훔쳐 먹었습니다.

동네 처녀들이 저켠 달빛 속에서 강강수월래 춤을 출 때* 함께 뛰게 해달라고 엉엉 울던 때가 생각납니다.

엄마! 손가락 헤어보니 오늘이 제가 집 떠난 지 16년이 되는 추석날입니다. 이 높은 산꼭대기 암자 주변에는 정든 고향사람들 대신 나무들만 서성이고 있습니다. 먹을 것도 없어 배가 고픕니다. 주머니도 비었습니다. 그래도 그때처럼 달이 밝으니 웃음이 나옵니다.

엄마! 우리 식구들이 땀 흘리고 하늘과 땅이 도와 거둔 햇곡식 장만하여 싸들고 조상님께 성묘가던 날이 생각납니다.

엄마! 이제는 불효하지 않겠다고 조석(朝夕)으로 향을 사르면서 부처님 말씀을 외우며 세월을 보내지만 어찌 하늘 같은 어머님 은혜를 갚는 일이 될까요? 절에서는 그렇게 말하지만 잘 모르겠나이다.

엄마! 하늘 같은 엄마의 젖줄까지도, 엄마의 수고까지도 "모든 것은 고요한 하나"랍니다. '고요한 하나'는 '아름다운 극락세계'랍니다. 어머님께 이 '아름다운 극락세계'를 바칩니다.

* 해남 강강수월래는 무형문화재로 꼽힐 만큼 유명하다.

13세 동남(童男)아

어쩌다 무슨 인연
사바에 나서
부모덕 없는 것이
이마에 분명하다

녹색 짙은 그늘 사이
취나물 뜯는 아이야
인생사 그런 것이다
너무 한스러워 마라

너 이름 뭐냐
날 따라가자
고즈넉이 세상사
속껍질 말해줄게

걱정 마라
먹을 것 입는 것
초년 고생 괴롭지만
볼 · 귀 · 코가
너 참 예쁘구나

　스님의 풍채는 마치 다 자란 숫사자의 모습처럼 위풍당당하다. 얼굴 생김은 약사사에 모셔진 15자 돌부처님 얼굴처럼 둥글넙적하며 꾸밈이 없고 자비롭다. 걸음걸이는 느리며 음성은 맑고 부드럽다. 그런 스님의 모습은 먼 데서 바라보기만 해도 존경스럽다.

　사람의 생김새는 우연히 만들어진 것이 아니다. 전생에 그 사람이 어떻게 살았느냐의 결과로서 나타난 것이다. 필시 스님은 전생에 수도를 많이 하신 분일 것이다.

　일찍이 약관 20대에 증심사* 주지스님으로 계실 때 그곳에 사는 엘리트 신도들로부터 젊은 도인 스님 나왔다는 칭송을 들으면서 불교를 신나게 펼치셨다. 그러나 동료 스님들이나 어른 스님들은 도인 스님으로 인정하고 칭찬하는 데 인색했던 모양이다.

　18세 때 깨쳤으니 소년 도인이 아니었던가? 그때부터 평생토록 종이조각에 끄적여온 당신의 깨침의 시를 그냥 휴지쪽지로 버리려고 하셨다니. 사실 수많은 시가 버려졌다. 우리는 스님의 긴긴 외로운 인생길을 이해할 수 있을 것 같다.

　이 시는 그 시절 숲속에서 풀을 뜯어먹고 있는 배고픈 고아를 증심사로 데려와 길러주었던 사연을 읊은 것이다.

* 광주 무등산에 있는 고찰

못내 그리워

본향이 그리워
자비가 그리워
옛 정든 오솔길이 그리워
풀피리 불던 목동이 그리워
칡잎에 조롱박 띄워
정 나누던 시절이 그리워
풋풋한 감물 들인 옷 한 벌에
포대 걸쳐멘 저 나그네가 그리워
일월을 청해놓고
원두막에 앉아 풀피리 불던
옛 친구가 그리워
껄껄 웃어
내 맘 주던
못내 헤어지기 싫은
그 친구가 그리워
그리워 그리웠던가
고개에서 기다리는가

서산대사는 우리나라 땅끝 해남을 온갖 난리가 미치지 않을 땅(三災八亂
不入之地)이라고 하였다.

지금도 해남은 산수와 인심이 도시에 비하면 덜 오염된 곳이다. 하물며
50여 년 전 땅끝은 인심이 순박하고 정이 넘치는 고장이었다. 스님의 속세
고향이 그곳이다. 그토록 순박하고 정이 넘치는 고향을 등에 두고 수십 년
을 방황하다가 타향에서 회갑을 맞고보니 문득 옛고향이 그리워진 것이다.

정든 오솔길,
풀피리 함께 불던 꼬마친구들,
칡잎으로 조롱박 만들어 마시던 옹달샘,
마을 길에서 멀어져간 아슴푸레한 나그네의 뒷모습,
매일 밤마다 친구들과 함께 모였던 원두막,
그리고 무엇보다도 내가 고향을 떠나던 날 헤어지기 싫었던 친구들.
하마 오늘도 그 고개에서 옛 친구 일호가 나를 기다리고 있는지도 몰라라.

인생무상

春色須臾間
人生道無常
好年不重來
節節惜如金

봄빛깔도 순간이어라
인생길 무상한데
좋은 시절 거듭 오지 않으니
마디마디 시간이 황금처럼 아깝네

　스님이 열세 살 때 지은 한시(漢詩)다. 당시 6·25 전쟁으로 다니던 초등
학교가 문을 닫게 되어 동네 서당에서 천자문(千字文)을 배웠는데, 그때 학
동(學童)들의 글짓기에서 장원한 시다.

　스님은 벌써 그때부터 인생무상을 철저히 느껴 마디마디 흘러가는 시간
이 황금처럼 아까웠던 것이다.

　이대로 살다가 허망하게 인생을 마칠 수 없다는 생각이 그 나이에 이미
절실했던 것이다.

　독일의 철인 니체는 '천재란 일찌감치 인생무상을 느낀다'고 했다. 스님
은 초등학교를 졸업하자 열여섯 나이에 정든 고향 부모형제들과 작별하고
구도(求道)의 길을 떠났다.

보살의 행적

발자국마다
불심(佛心)을 심어 걸었나이다
국토마다
골목마다
자비를 심어 돌았나이다

제석천왕님이
불법(佛法)을 호지하듯
나는 염의를 걸친 모습으로
밤낮을 모른 채 법을 베풀었나이다

본분이 절대인 님인지라
거리와 피차가 없는
무연(無緣)의 마음으로
한없는 순수성으로……
후회 없는 환희로 합장하며
마치 자애로운 어머님처럼
모셨나이다

그래도 지금
이 국토 사바(娑婆)에는
비정이 혼합되어
정적과 지역 갈등과
무지와 희비가
아득히 서려 있나이다

그래서
보살의 원(願)을 버리지 못하고
비가 오나
눈이 오나
자정이 되도록 빌어주는
염불 소리가 끊이지 않나이다

산아여
당신의 부동(不動)한
그 경건한 모습의 설법은
아직도 업연(業緣)에 휘몰린 중생을
감당하기가 어렵더이까

촛불이
태양이
어둠을 걷어주는 달님이 되어
님이시여 우리를 거두어주소서

보살이란 불도(佛道)를 닦아 깨달음을 얻은 후에 고해(苦海)에서 허덕이는 중생들의 고통을 덜어주고, 또 함께 깨달음을 성취하여 열반의 세계로 인도하려고 애쓰는 성자다.

누구나 나이가 들면 그가 걸어온 먼 길을 회상해보게 된다. 일찍이 홍안 소년 시절에 깨달음을 성취한 스님. 그러나 아무도 알아주지 않는 숨은 도인으로서 길고 긴 40년 세월을 오로지 고해의 중생들을 구제하려고 하루도 쉬지 않고 줄달음쳐온 스님이 지나온 발자취를 더듬어 본 고백의 글이다.

어느새 육십을 넘겼습니다. 돌이켜보니 기나긴 40년 발자국마다 아무 욕심 없이 걸었습니다. 겨레가 살고 있는 곳이라면 골목마다 그저 자비심으로 이 땅의 방방곡곡을 찾아다녔습니다. 마치 하늘나라 제석천왕님이 불법(佛法)을 지키듯이 나는 승복을 입고 밤낮을 가리지 않고 불법을 가르쳤습니다.

알고보면 중생이 본래 부처님인지라, 먼 곳에 있다면 멀고 가까움을 가리지 않고 빈 마음으로 달려가 다만 한없이 순수하고 즐거운 마음으로 그들에게 합장하면서 자애로운 어머니가 자식 대하듯 그들을 보살폈으니 무슨 후회가 있겠습니까?

그래도 지금 우리가 살고 있는 이 세상은 인심이 비정하고, 정치인들은 갈라져 싸우고, 동서로 갈라진 지역 갈등은 심각합니다. 또, 아직도 동포들은 무지하며 계층간의 차이가 심하여 희비가 엇갈려 있습니다. 그래서 보살의 원(願)을 버릴 수 없어 그들을 위한 염불로 밤 깊은 줄 모릅니다.

아! 드높은 산이여 넓은 들이여, 당신은 수억 년 동안 움직임 없이 다만

경건한 자세로 무지한 중생들을 위하여 진리를 말해주고 있건만 당신의 설
법은 무지몽매한 그들을 구해내기엔 힘드나봅니다.

  촛불이여, 태양이여, 달님이여!
  님들의 밝음으로 저들의 어두운 마음을 거두어주소서.

늦은 공부

산상(山上)을 거니는
한가한 요사한(了事漢)*이
저쪽들 모두가
평안하냐고 묻는다

아 다들 괴롭거든
너 짊어진 사념을
후회 없이 방하하라

얻은 적도
버린 적도 없는데
허우적거리기는 왜

* 할 일을 마친 사람, 즉 드디어 깨달음을 성취한 수도자

224

　고해 인생의 온갖 근심걱정은 물론 생로병사의 고통까지 모두 해결하고 드디어 이 세상을 극락세계로 바꿔놓은 스님께서 산꼭대기에 서서 큰소리로 외친다.

　"세상사람들, 당신들 모두 평안하세요?"

　세상사람들이 모두 큰소리로 대답한다.

　"아니오, 우리는 모두 괴롭습니다."

　스님이 외친다.

　"아, 다들 괴롭거든 내 말 들으세요. 당신들 짊어진 모든 근심걱정, 이런저런 생각들 다 내려놓으세요. 당신들 참으로 어리석어 안됐구려. 당신들 가진 것도 가진 것이 아니고 당신들 버려도 버린 것이 아니랍니다. 그런데 왜들 그리 마음의 늪에서 허우적거리지요? 빨리 나오세요. 너무 늦었습니다."

회갑날

매실주가 익었어요
십년 묵었어요
어서 오세요
한잔합시다
사월 이십육일 밤
동갑내기 포항 이태원 거사에게서
전화가 왔어요

우린 뿔뿔이 회갑의 정(情)도
잊었는데

세연(世緣)일까
불연(佛緣)일까
그래요
우리는 삼십년 지우(知友)지요

웃어도 당신 마음 알아요
퉁명해도 당신 마음 알아요
서너 잔 취해서
눈빛을 맞춥시다

주섬주섬 일보고
두시 차 타고
서둘러 갈게요

스님은 승속(僧俗) 남녀를 가리기를 싫어하신다. 뜻을 나눌 수 있고 정을 주고받을 수 있으면 누구든지 친구로 대하신다. 포항에 사는 이태원 거사님과는 삼십 년 우정이 변함없는 친구다.

속
말

속말

비올 때나
눈올 때나 나는 장부
세계야 어떻든 나는 장부야

월세계(月世界)를 가도
우주선을 탄다 해도
나는 장부이지요
고금을 모르는 철난 사나이

가자, 산으로 들로
어화둥둥 한잔 없어도
내 원궁 가야금 뜯는 소리 들려줘야지

몸집이 크고 힘센 사람, 또는 마음이 굳세고 큰 사람을 장부(丈夫)라 부른다. 그러나 불교에서는 그 의미가 다르다. 불교에서 장부란 수도 끝에 도(道)를 이룬 사람, 깨달음을 성취한 사람을 이른다.

도를 이룬 사람은 무지를 깨고 드디어 자신이 우주의 창조자며, 천상천하에서 오직 자신만이 절대자임을 깨닫게 된다. 그가 바로 부처다. 「속말」은 도를 이룬 스님이 보여주는 장부의 세계다.

깨달은 사람에게 억수같이 비가 쏟아진들 폭설이 세상을 덮은들, 설사 세계가 불바다가 된들 무엇이 두려울까보냐?

우주선 타고 달나라에 간들 그게 무슨 대단한 일일까보냐? 그런 절대자는 이미 옛날이니 현재니 미래니 하는 것도 다 삼켜 없앤 위대한 장부로다. 산으로 간들 들로 간들 거칠 것이 없어라.*

진실로 장부가 되었으니 얼마나 기쁠꼬?

술을 마시지 않아도 즐거워!

어화둥둥 어깨춤이 절로 추어질 것이로다.

도솔천 내원궁도 필시 부처의 세계이기 때문에 내원궁 가야금 소리도 필시 부처 세계의 소리로다. 스님의 설법이 곧바로 부처님의 말씀임을 알아야 할 것이다.

---

* 땅 위의 세계가 오대양 육대주로 되어 있다면 불교에서는 하늘나라가 서른세 개 있다고 한다. 그 중 하나가 도솔천이다. 내원궁은 도솔천에 있는 궁전이다.

도중에서

가고파라
정든 땅
나는 팔자(八字)에 없는
이방인이 되었나이다

한숨 쉰들
시원하랴
어느 천지(天地)에서 통곡할까요

속으로만 흐르는 눈물
수줍다고 죄스러움도 아닌데
아아 그대는
인욕 선인이지요

확실하게 깨달음을 얻은 스님은 우리 범부(凡夫)들과는 전혀 다른 세계에 살고 있는데 세상사람들은 거의 이를 모른다. 알아볼 수도 없는 세상이다. 스님은 명의(名醫)로서 수많은 환자들의 병을 고쳐주었다. 실제로 스님은 「불교와 의학」이라는 책도 썼다. 눈에 보이니까 사람들은 침을 잘 놓는 스님으로 알고 있을 뿐, 도인의 가슴속을 어느 땅, 어느 누가 알아보겠는가?

깨달음의 세계는 새로운 세계가 아니다. 본래 만물이 태어난 자리며 돌아가는 자리며, 그래서 내가 태어난 정든 고향땅이다.

아! 외롭고 답답한 세상이로다.

내 차라리 이제 죽어 극락으로 가고 싶다.

깨닫고보니 팔자에 없는 이방인이 되었구나.

뭇사람들과 어울릴 수도 없고, 탄식한들 이 가슴이 시원하랴!

어느 천지에서 하고 싶은 말을 다하며 통곡할꼬?

알아줄 사람 없어도 하고 싶은 말

수줍기는 할망정 결코 죄스럽진 않는데

아, 부처님! 당신께서도 그 얼마나 긴 세월을 참고만 살으셨나이까?

소승은 이 시에 눈물짓는다. 스님, 그만 우십시오. 스님의 높은 법문을 펴는 데 부족하나마 소승이 힘을 다하겠습니다.

정야성(靜夜星)

침묵을 배우는 아이는
밤하늘의 선정(禪定)을 배우면서
지반(地盤)의 부동(不動)을 찬미하면서
한없이 긍정하는 별들과 속삭입니다

저 많은 성좌(星座)들은
숨어 있는 대화를 이심전심(以心傳心)으로 서로를 신뢰하건만
철 늦은 아이는 아직도 지음인(知音人)이 없어
홀로만 외롭지 않은 외로움으로 살아갑니다

　고요함[止]과 정신집중[觀]은 깨달음에 이르는 수레의 두 바퀴다. 이 둘은 서로 뗄 수 없는 사이다. 마음을 고요히 하면 할수록 마음은 맑아진다. 그 맑은 마음을 흐트리지 않고 집중하면 마음은 자꾸만 밝아진다. 밝아지면서 마음속에 끼여 있는 무거운 업장이 녹아내리고 업장이 녹아내리면 마음은 빛이 난다.

　마음의 빛[心光]이 휘황찬란하게 우주를 감싸고 있을 때 업장이 소멸되면 '나' 라는 생각이 없어지고, 상대방에 대한 생각이 없어지고, 세상에 대한 생각이 없어지고, 생명에 대한 애착도 없어진다. 그리하여 무심(無心)의 자리에 앉게 된다. 이 자리에서 계속해서 고요함과 정신집중을 닦아가면 어느 날 문득 깨달음을 성취하여 드디어 부처가 된다. 실로, 부처가 되는 일이 불가능한 것만은 아니다. 사람으로 태어나서 이룰 수 있는 일들 가운데 가장 장한 일일 것이다.

　정야(靜夜)는 고요함[止]을, 성(星)은 정신집중[觀]을 뜻한다. 모름지기 수행자는 고요함과 부동(不動)과 긍정(肯定)을 배워야 한다.

　스님은 이렇게 수행하여 깨달음을 성취하였다. 억겁 동안 중생으로 살아왔다가 이제야 깨달았기 때문에 자신을 철늦은 아이라고 부른 것이다. 깨달음의 세계에서는 만물이 말없는 가운데 서로를 긍정하며 신뢰한다. 다만, 만물의 영장이라고 뽐내는 인간만이 서로를 부정하고 불신하고 있어, 인간세상을 고통 속으로 몰아넣고 있다. 통탄할 일이다. 또한, 중생세계에서 빠져나오고보니 주변이 모두 중생들인지라 갑자기 외로운 사람이 된 것이다. 그러기를 수십 년, 뜻 맞는 사람이 없어 외롭게 살고 있지만, 그래도 낮에는 산천초목이 있고 밤에는 별과 달이 있으니 덜 외롭다는 것이다.

님의 속말

알 것 같은 한 소리에
허공을 보고 살아왔네
님은 유무정을 버리게 하더니
불나비의 슬픔을 알게 하였네

잠재우는 밤의 밀어(密語)여
너는 나 자신을 냉대하는
순정으로만 통하는 귓속말
이제야 철이 들어 나그네가 아니랍니다

　스님이 깨달음을 얻기 위해, 오직 부처님의 가르침에 의지하여 수도해 온 체험 설법이다.

　알 것 같은 부처님의 가르침에 의지하면서 저 푸른 허공처럼 맑고 텅 빈 마음으로 수도하였습니다. 마음에서 피어나는 온갖 번뇌망상[有情]을 물리치고, 마침내 번뇌망상을 물리쳤다는 생각[無情]마저도 버리고, 다만 무심(無心)으로 수도하였습니다.

　알고보니 중생들의 삶이란 마치 불나비의 삶과 다를 바 없습니다. 욕심이라는 뜨거운 불길 곁을 맴돌다가 드디어 욕심에 타서 죽고 마는 중생들이 얼마나 슬픈 존재인지 알았습니다.

　깊은 밤, 삼경이 넘어 은은하게 들려오는 깨달음의 소식! 그 소식은 중생의 모든 욕정을 찬물처럼 시원하게 씻어주었습니다. 그 소식은 순수한 마음만이 통할 수 있는 귓전의 속삭임입니다. 이제야 진리의 세계를 버리고 억만 겁을 유랑해왔던 어리석은 나그네가 아니라 진리의 세계를 얻은 대장부가 되었습니다.

영생낙원(永生樂園)

산에서 들에서 꽃이 피네
내 마음 시원하게 폭포수 흐르네
아! 영원을 노래하는
하늘이여 별이여
종달새 지저귀는 사바(沙婆)로구나

밭에서 논에서 오곡이 익네
세계도 널따랗게 툭 트였네
아! 영원을 노래하는 햇님이여 달님이여
바다를 누벼나는 낙원이구나

지금 스님은 깨달음의 세계, 즉 열반세계를 얻으시고 그 세계의 맛을 노래하신다. 그 세계의 맛을 말로 전할 수 없고, 또 말로 전한들 그 참맛을 깨닫지 못한 이가 알 수 없지만, 그러나 굳이 말로 전하자면 다음 네 가지로 요약할 수 있다.

첫째, 인간세상, 즉 사바세계에서는 모든 것이 변하여 죽고 만다. 그러나 열반세계는 영원한 세계, 영생의 세계이다.

둘째, 사바세계는 고통의 세상이다. 우선 인간의 숙명인 태어나고 늙고 병들고 죽는 것 모두가 고통이다. 그러나 열반세계는 즐거움의 세상이다. 극락세계이다.

셋째, 사바세계는 부자유스런 세상이다. 누가 누구에게도 함부로 할 수 없는 구속으로 꽁꽁 매인 세계이다. 그러나 열반세계는 구속할 사람도 구속할 것도 없는 세계이다.

넷째, 사바세계는 불결한 세계이다. 우선 사람들의 몸부터 불결하다. 피 · 고름 · 뼈 · 살 · 오줌 · 똥 모두가 불결하다. 그러나 열반세계는 한없이 아름답고 깨끗한 세계이다. 그래서 부처님께서는 열반세계를 모르고 백년을 사는 것보다 깨달음을 얻기 위하여 단 하루를 사는 것이 훨씬 더 보람 있는 삶이라고 말씀하셨다.

산에서 들에서 꽃이 피네

스님은 단순히 꽃이 핀다는 사실을 말하는 게 아님을 알아야 한다. 열반세계, 즉 당신이 얻은 깨달음의 세계가 아름다운 세계임을 전하는 것이다.

내 마음 시원하게 폭포수 흐르네

깨닫고보니 모든 구속을 벗어 던져버려 폭포수처럼 시원스럽구려.

아, 영원을 노래하는 하늘이여 별이여

깨달음의 세계는 저 하늘, 별들처럼 영원하구나. 잠시 생명을 부지하다가 언제 죽을지 모를 중생들이여! 깨닫고보니 종달새 지저귀는 인간세계가 바로 낙원인 것을! 오곡이 무르익는 논밭보다 나의 세계가 더 풍요롭구나! 나의 세계 널따랗게 툭 트였네. 자유천지로세. 아! 영원을 노래하는 하늘이여! 별이여! 마음껏 바다를 누벼나는 자유천지의 낙원이 바로 사바세계인 것을!

심심전심(心心傳心)

창 앞에 멎은 달아
누굴 고대 수줍었나
내 문득 전하리라
우리 님께 귓속말을

이 산중 청빈해라
낙엽 쌓여 길 없는데
간간이 개 짖는 소리
님 늦은 길 가리키뇨

좋거라 명월천지(明月天地)
한잠을 어찌하랴
피리 부는 과객들아
내 님 안부 전하든지

심심전심(心心傳心)은 이심전심(以心傳心)과 똑같은 말이다. 부처님은 그의 마음을 가섭에게 전했고 달마는 그의 마음을 혜가에게 전했으며, 서산스님은 그의 마음을 수많은 제자들에게 전했다. 그러나 경훈스님은 그의 마음 전할 사람이 없어 중천에 뜬 달에게 전하고 있다. 열여섯 어린 나이에 출가하여 모진 고행 끝에 얻은 깨달음을 이제 육십이 넘도록 전해줄 제자가 없으니, 어찌보면 진리를 외면한 세태가 야속하기도 하고 스님이 애처롭기도 하다. 그러나 스님, 이제는 서러워하지 마십시오. 당신의 선시가 한국에서 출판되고 영어로 번역되어 미국에서도 출간됩니다. 곧 당신의 제자들이 구름처럼 일어나서 당신의 마음을 세상에 뿌릴 것입니다.

창 앞에 머뭇거리고 있는 달아! 수줍은 얼굴로 누구를 만나려 하는 거냐? 나를 만나려 한다구? 그래그래, 너 내 맘 알고 나 네 맘 안다. 캄캄한 세상을 이렇게도 부드러운 밝음으로 채워놓고 나에게 살며시 놀러왔느냐? 그래 달아, 넌 가만 있어. 내가 우리*만이 알 수 있는 이야기를 부처님께 귓속말로 전해주마.

번뇌의 티끌 씻고나니 이 산중이 온통 맑고도 한가로워라. 바로 부처님의 세계가 여긴데 우리가 사랑하는 중생들은 번뇌의 낙엽에 싸여 부처가 되는 길을 알지 못한다. 참으로 안타깝다. 그래서 개들이 쉬지 않고 짖는다. 어서 번뇌의 낙엽을 쓸어 없애라고. 달아, 너는 알지? 저 개들이 짖는 소리를 듣고 있는 중생의 그 마음이 부처인 것을.**

아무튼 좋다. 달아, 이 황홀한 명월천지에 피리부는 나그네들이 있으니 나더러 어쩌란 말이냐! 그 사람들이 나 대신 부처님께 문안드리면서 내가 나눌 귓속말을 전하고 있으니 나는 할 일 없어 잠이나 한숨 자련다.

* 부처님과 큰스님
** 지금 큰스님은 개 짖는 소리가 성불의 길을 가르쳐준다고 말씀하신다. 왜? 개 짖는 소리를 듣고
   있는 우리 중생의 마음, 그 마음이 바로 부처이기 때문이다. 어찌 개 짖는 소리뿐이랴. 밝은 달을 보
   고 있는 우리 중생의 마음, 그 마음이 바로 부처이며, 똥 냄새가 고약하다고 느끼는 그 마음이 바로
   부처인 것이다. 문제는 번뇌의 티끌 하나 없이 맑은 그 마음을 보느냐 못 보느냐이다. 진실로 중요
   한 법문이 아닐 수 없다.

나의 희망

내 깊은 사뇌(思惱)는
전체의 기운에 응결됨이여
사랑과 슬픔과 기쁨과
그리하여 다 버리는 것이었어요

오늘 합장하는 염불에는
병과 겁탁(劫濁)들이 녹아짐이여
하늘엔 평화와 땅엔 슬기의 웃음이
참으로 물결과 같이 유유함이여

지혜 있는 자여
그대는 산천초목 말없는 성자이지
봄가을 속에 피었다가 지는 대꾸 없는 보살행이지
오오 내가 무얼 바라겠어요

나의 깊은 생각은 옹졸한 중생의 생각이 아니다. 우주 전체를 감싸고 있는 순수한 기운, 다시 말해 불성(佛性)과 하나가 되어 있다. 그 순수한 기운에는 세속적인 사랑이며 기쁨과 슬픔 따위가 박혀 있을 수 없다. 오로지 순수한 마음이다. 오늘 그 순수한 마음으로 합장하는 염불 가운데 온갖 질병과 말세의 재앙[劫濁]이 녹아내린다. 스님의 이 말에 독자들은 천수경 말씀이 쉽게 연상될 것이다. 백겁(百劫) 동안 쌓이고 모인 죄가 한 생각에 문득 녹아 없어질 것이다. 마치 마른 풀이 불에 타서 남김 없이 사라지듯이.

百劫積集罪 一念頓蕩除 如火焚枯草 滅盡無有餘
백겁적집죄 일념돈탕제 여화분고초 멸진무유여

그리하여 천지는 평화와 지혜의 광명이 홍수처럼 범람하고 있을 것이다. 그런 세상이 나의 희망이다. 그런데 보자. 지혜의 눈으로 보자. 산천초목이 다 말없는 성자들이며 부처님이며 보살들이지 않은가? 봄가을 따라 피고 지는 모습이 바로 진리를 일러주고 있지 않은가? 흔들거나 꺾어도 성내거나 달려들지 않고 침묵으로 받아주는 태도가 바로 보살행이지 않은가? 이 무수한 산천초목이 부처님의 진리를 일러주고 보살의 행동을 보여주고 있는데 내가 굳이 무얼 바랄까? 나의 희망이란 것도 부질없는 것 아닌가?

스님의 이 말은 고려 때 고승(高僧) 원감국사의 설법을 연상하게 한다.

鷄足峰前古道場　　계족봉 앞에 있는 옛 절터에 이제 오르니
今來産翠別生光　　산빛은 푸르러 유난히 빛을 내는구나

廣長自有淸溪舌　　맑은 시냇물이 본래부터 부처님의
　　　　　　　　　진리를 말하고 있는데
何必喃喃更擧揚　　무엇 때문에 굳이 잔소리할까보냐

밀어일장(密語一章)

할 일 없는 장부가
한산한 밤을 따라 나왔더니
귀또리 소란하고
달님은 외로워 혼자 수줍고

말없는 코스모스
호박꽃은 금방이라도 웃을 듯
산하(山河)여 속속으로 전하는 밀어
저 강물에 노젓는 사나이를 보라

한소리 적막을 깨는
도랑물 소리 나직한데
어디서 단소(短簫) 불어
내 마음을 멍들게 하나

오! 지상의 별천지야
오! 내 마음 고요한 경지의 노두열반(露頭涅槃)
내일 또
모레 또
마냥 그리리라

보통 사람들은 생로병사에 따른 근심, 고통 등 인생고에 묶여 산다. 인생고를 면하려면 깨달음을 얻어야 한다. 깨달음의 세계는 생로병사 근심, 고통이 전혀 없는 세계며, 그 대신 영원하고 평화롭고 깨끗하고 자유로운 세계다. 스님처럼 깨달음을 성취한 사람은 이 세계가 완전하게 자기의 몸이 된다. 더이상 무엇을 바랄 것이며 무슨 할 일이 있겠는가?

인간세상이 바로 낙원임을 깨달아 더이상 할 일이 없는 대장부가 한가로운 밤의 천지를 구경하니, 귀뚜라미는 귀뚜라미대로 요란하게 노래하고, 달은 달대로 혼자서 수줍은 얼굴을 보여주며 코스모스와 호박꽃은 웃음을 머금고 있다.

이상은 사사무애법계(事事無碍法界)다. 사사무애법계란, 천지만물은 자기 나름대로의 개성을 가지고 서로 방해하지 않으면서, 그리고 서로 의지하고 자유롭게 살아가면서 우주의 거대한 아름다움을 만들어낸다는 불교의 우주관이다.

보라! 산은 산대로 물은 물대로 그 개성을 가지고 있다. 산과 물은 서로 의지하지만 서로를 방해하지 않고 개성대로 자유롭게 살아가면서 우주의 거대한 아름다움에 참여하고 있지 않은가?

움직이지 않는 산은 산대로 말없는 가운데 진리의 말을 들려주고, 움직이는 강물은 강물대로 말없는 가운데 진리의 말을 전해주지 않느냐? 강물 위에 노젓는 사람은 그 나름대로 진리를 보여주고 있다. 지상낙원이 따로 있지 않고 이 땅이 바로 낙원이다. 깨달음의 세계가 따로 있지 않고 이 땅이 바로 깨달음의 세계인 것이다.

그것을 깨달으라고 도랑물 소리도 나직한 목소리로 밤의 적막을 깨면서까지 일러주고 있다. 들려오는 단소 소리도 이 땅이 바로 낙원임을 구슬프게 말해주고 있는데 그 뜻을 알고 있는 사람이 왜 이다지도 없을까?

외롭다. 그 외로움에 내 마음 멍드는구나! 오, 지상의 별천지! 여기가 깨달음의 세계로다. 여기가 바로 지상낙원이며, 내 마음의 고요한 열반세계로다. 활짝 피어난 열반세계로다. 내일도 이러할 것이다. 또 모레도 이러할 것이다. 마냥 이러할 것이다.

묵좌수심(默座愁心)

저 별이 높이 있어 대화를 나누니
내 속이 후련하였나이다
저 물이 고이고 고여 넘쳐 흐르니
내 속심을 아는 듯도 하였나이다

무더운 한나절 갈잎이
실신하여 숨막히는 찰나
일렁이는 산들바람에
내 속이 상쾌하였나이다

한 해를 땅속에서 보내다가
단 9일을 노래하는 귀뚜라미는
저 달이 그리워 우는 합창이 아니라서
애타는 나의 속을
아는 듯도 하였나이다

저 돌이 눈 · 코 · 입 · 귀 없어 세월을 모르는 것은
알팍한 인정(人情)이 허무하다는 것을
나에게 보여주는 긍정적인 언어인 줄 알았나이다

성자(聖者)는 자기 생각을 앞세우지 않는다. 자기 생각이 완전히 없어졌을 때 천지만물과 대화할 수 있다. 지금 스님은 그런 자리에 앉아 있다. 자기 생각[我相]으로 꽉 차 있는 사람과는 대화할 수 없다.

차라리 저 높은 별들과 대화를 나누니 내 속이 후련하다. 자기 생각으로 꽉 차 있는 사람은 남의 속마음을 알 수 없을 것이다. 차라리 말없이 흐르는 저 물 나의 속마음을 알 수 있을 것이다.

저 높은 별들과 대화할 수 있는 축복을 누리지 못하는 사람들, 과연 그들의 인생은 어떠한가?

바로 풀잎 위에 이슬처럼 잠시 머물다가 없어지는 애처로운 존재이다. 한나절 무더위에 실신해 있는 갈잎처럼 인생고에 시달리는 존재이다.* 이제 달빛처럼 환히 밝은 스님의 마음은 가련한 중생들에 대한 처량한 생각으로 가득 차 있다.

어두운 땅속에서 슬픈 세월을 보낸 귀뚜라미야, 너의 목숨이 단 9일뿐이다. 그래 모름지기 깨달음을 얻어 영생을 누리고자 해야 할 텐데, 어찌하여 네 생각으로 가득 차 있어 네 소리만 고래고래 지르느냐? 참으로 나의 속이 타는구나. 너의 울음소리처럼.

아! 숨막힐 정도로 답답한 세상이로구나. 모두가 자기 생각에 꽉 차 있어 자기 소리만 고래고래 지르고 있는 인간 세상. 그러니 허무한 인간 세상인 것을. 그래서 저 돌이 나에게 일러준다. 눈·코·귀·입 없이 세월 모르고 살아가라고.

---

* 인생이 덧없고 힘들고 애절하다는 것을 보여준다.

목우 한철

우뚝허네
호로봉아
은하로 수실 달아
천지가 은쟁반
하늘 이마 닿을 듯 선녀놀이인가

이 밤이 슬기로워
묵비로 님 대하듯
오시는 손은 어디 있나
승달명월이여
선녀 불러 무엇하랴

님 그리워 우는 소쩍새야
해탈경을 두고 무슨 한이 있느뇨
내 혼자 거니는 심사에는
장엄이요 제일이요
월색 무늬에 흥얼대는 시조 소리여

수도승의 도닦는 일이 마치 소에게 풀먹이는 일과 같아 목우(牧牛)라 한다. 또 수도승들은 여름과 겨울에 도를 닦는데, 여름 석달 수도를 하안거(夏安居), 겨울 석달 수도를 동안거(冬安居)라 한다. 하안거나 동안거를 '한철'이라 부른다.

지금은 국립목포대학이 들어앉아 산 아래가 시끄럽지만, 그 옛날 승달산은 알려지지 않은 명산으로서 산 기세가 부드럽고 산 기운이 그윽하여 수도하기에 알맞은 곳이었다. 이 명산에 한밤중 달빛이 깔려 있고 소쩍새가 울고 있는 광경을 상상해보면 신선세계가 따로 없을 것이다. 이 황홀한 경지에서 스님은 부처님도 잊고 다른 모든 것도 다 잊는다. 오로지 자신만이 쑥 빠져나와 장엄한 세계와 하나가 된다.

은하수 별빛이 은실처럼 땅 위로 쏟아져내릴 때 달빛에 잠긴 천지는 은쟁반인가? 하늘 높이 솟은 호로봉은 선녀들이 내려오는 미끄럼대인가? 이 밤이 슬기롭다. 말없이 부처님 세계를 맞이하고 있구나. 부처님 모시고 함께 온 손님들은 어디 있나!*

승달산 밝은 달아! 우리가 선녀들을 찾아 무엇하겠느냐?

소쩍새야, 멍청한 중생아! 이 아름다운 세계를 눈앞에 두고도 너는 무슨 한이 있어 울고 있느냐? 참으로 멍청하구나.

나 혼자 거니는 산속 절에 장엄한 세계가 펼쳐져 있다. 천지간에 으뜸이다. 흥얼대는 시조 소리**가 달빛 위에 깔린다.

---

* 이런 우아한 광경을 본 스님은 당연히 수많은 선녀들이 부처님을 모시고 내려와 부처님 세계를 꾸밀 것이라고 생각한다. 그렇지만 승달산에 떠 있는 달을 보고서는 선녀들 따위엔 관심이 없다.
** 큰스님의 깨달음의 노랫소리

천재밀어(天才密語)

명월산 장장봉에
지새우는 고요이고
침묵을 배움이요
묵언도인 조는구나

삼칸 고암 우뚝하여
풍경소리 은은하니
백설이 반기누나
속옷으로 갈아입은 선녀야

첩첩산 두른 풍경
인적 끊긴 샛길엔
반나절 햇님이여
장부타령 하려무나

천재란 아무나 되는 것은 아니다. 타고난 재능도 있어야 하지만 피나는 노력이 천재를 만든다. 수행이 높은 스님들도 기본적인 됨됨이를 갖추고 있어야 하지만, 그것보다는 피나는 고행이 고승을 만들어낸다. 그런 의미에서 고승과 천재는 같은 말이다. 여기서 비밀스런 말이란 높은 스님이 들려주는 깨침의 소리다. 우리가 귀담아 들어야 할 것은 그의 참말이 아니라 그의 잠꼬대이다. 그의 참말은 말로서는 전할 수 없기 때문이다. 그러니 우리는 그의 잠꼬대를 듣고 깨달음을 얻을 수 있어야 한다. 스님의 훌륭한 잠꼬대를 귀담아 들어보자.

깨침의 세계, 즉 순수의 세계는 달 밝은 큰 산의 고요함과 같다. 이제 말없는 도인[默言道人]이 배울 것은 무엇인가? 배울 것이 있다면 침묵일 테니 그저 졸고 있을 뿐이다. 그러면 순수세계의 내용은 무엇인가? 세 칸 암자는 높은 산에 우뚝 솟아 있고, 풍경은 바람에 흔들리면서 쨍그렁 소리내고, 백설은 흰 달빛을 어지럽게 흩날리고 있다. 이것이 순수세계의 드러난 모습이다. 사실 그대로의 모습이다. 마치 선녀가 속옷 차림으로 알몸을 보여주듯.
아! 겹겹이 두른 산의 풍경 장엄한지고! 인적 끊긴 고요한 샛길에 아침나절 햇님이 침묵 속에 졸고 있구나! 이것이 깨침의 잠꼬대가 아니고 무엇인가? 바로 장부가 부르는 타령이다.

꿈속의 사랑

어흠
님맞이 가자
동자야 길 나서라

동녘 하늘
구름 타고 오시는구나
동자야 마중 가다오

오시는 월색(月色)처녀더러
선유(仙遊)에 노니는 남아 있다는 말 하지 말고
아무 말 하지 말고
좀더 기다리라고 하여다오
도포 입고 내 간다고 하여다오

동자야 듣거라
너 내 삼십토록 간직한
한마디만 말해다오
님 얼굴 너무 고와 내 부끄러워
못 간다고 하여다오

깨달음을 성취한 후에 중생을 제도하려고 애쓰는 부처님의 제자를 '보살'이라 한다. 보살의 마음은 이미 애욕(愛慾)을 끊어 그 마음이 어린아이처럼 순수하기 때문에 '동자'라고 부른다.

어흠, 그러면 그렇지.

내가 찾고 있던 장엄한 부처님의 세계가 바로 이것이 아니더냐! 동자야, 길 나서라. 부처님 세계를 맞으러 가자. 부처님 세계, 즉 깨침의 세계가 동녘하늘 햇살처럼 눈부시게 구름 타고 오는구나! 동자야, 어서 마중을 나서거라.

고행 끝에 얻은 깨달음의 세계는 우리가 알고 있는 중생의 세계와는 확연히 다른 세계다. 그곳은 영생의 세계이며 광명의 세계이며 평화로운 세계이며 깨끗한 세계이다. 애욕에 싸여 있는 중생들은 볼 수도 느낄 수도 없는 세계이다. 그래서 "중생들아, 깨달음의 세계를 맞으러 가자"고 하지 않고 "동자야, 님 맞으러 가자"고 했다. 중생 속에 묻혀 사는 스님은 외롭다.

깨침의 세계는 월색처녀처럼 밝고 부드럽고 고요하고 아름답구나! 그녀에게 세상의 고통을 정복한 후 뱃노래나 즐기고 있는 남자가 있다고 말하지 말라.

잠깐만 기다리라고 하여라. 예복을 차려입고 나간다고 일러라.

여기에 스님의 어려운 법문이 깃들여 있으니 잘 들어주기 바란다. 모든 사람은 본래부터 부처님이다. 모든 사람에게는 태어나기 전부터, 그리고 죽은 후까지도 영원히 변치 않는 깨끗한 마음자리가 있다. 그 마음자리를 본각(本覺)이라 일컫는다. 그리고 수행 끝에 이러한 마음자리를 깨닫는 것을 시각(始覺)이라 한다. 본각과 시각은 둘이 아니라 하나인 것이다. 지금 '월색처녀를 예복 입은 남자가 맞으러 간다' 는 말은 바로 본각과 시각이 하나가 된다는 뜻이다. 이러한 스님의 말씀을 견성(見性)한 사람이 들으면 그냥 말없이 고개만 끄덕일 것이다. 실로 흐뭇한 설법이 아닐 수 없다.

　동자야, 듣거라.
　내 삼십토록 간직한 말을 전해다오.* 깨침의 세계가 너무 아름답다. 월색처녀처럼 아름답다. 나는 부끄럽다. 그래서 나는 가지 않는다고 말해다오.**

* 큰스님이 30세 때 쓴 시다.
** 무슨 뜻인가? 깨달은 사람은 깨달은 사람을 만날 필요가 없는 것이다. 만나보아야 자기와 다를 게 없다. 아니다. 만날 대상이 보이지도 않는 법이다. 자기만이 천상천하의 유일한 절대자이기 때문이다.

님의 명령

속(俗)을 즐기는 것이 아니오라
속을 섭취하라는 명령이오니
님의 훈시를 따라 봉행(奉行)하겠나이다

이 몸이 설사 구애됨이 있사올 적에
연으로 받은 결과임을 후회 않을 것이오니
님의 노래에만 귀를 기울일 것이옵니다

님이시여!
결과 보고에서 소상히 말씀드리겠사오니
님이 주신 명령으로 속(俗)을 님 모시듯 하겠나이다

우리가 존경하는 스님은 우리를 위해서 온 정성을 다 베푸신 분들이다. 불교가 국교였던 삼국시대, 통일신라시대, 고려시대에 큰스님으로 존중받은 분들이 다 그러했다. 불교가 탄압받던 조선시대에도 보우스님은 조정에 드나들면서 짓밟힌 불교를 일으켜세우고자 애쓰다가 유신(儒臣)들의 미움을 받아 목숨을 잃었고, 서산·영규·사명 스님들은 나라를 살리고자 왜적과 싸웠으며, 수천수만의 이름없는 스님들이 혹은 전장터에서 혹은 무너진 나라를 일으켜세우는 현장에서 피땀을 흘렸다.

스님은 자신을 산중 스님이라 부르지 않고 마을 스님이라 부른다. 스스로 원해서 마을 한가운데 세상사람들 틈바구니에서 살고 있기 때문이다. 가까운 전라도뿐만 아니라 한 달에도 몇 번씩 멀리 버스를 타고 서울·대구·포항·부산 등지로 설법을 나간다. 그런 가운데 끊임없이 환자들을 맞아 의술을 베풀고, 혹은 귀신에게 시달리는 사람들을 기도로 치료해준다. 치료받은 환자가 십만 명이 넘는다.

스님의 오랜 포교활동이나 의료시술도 존경스럽지만, 우리는 큰스님의 훌륭함을 당신의 선시(禪詩)에서 찾고 싶다. 선시야말로 스님의 참모습을 가장 잘 보여주기 때문이다.

세속 사람들의 삶을 함께 즐기라는 것이 아니라 그들의 삶을 외면하지 말고 받아들이라는 부처님의 가르침이오니 그 가르침대로 행동하겠습니다.

그런 가운데 저에게 어려움이 있다고 하더라도 다 인연 때문에 생긴 일로 받아들여 후회하지 않겠습니다. 그런 인연이 다 부처님 세계 안에서 일어나고 있지 않습니까. 다만 부처님 가르침에만 귀를 기울이겠습니다.

부처님! 제가 이 세상을 하직할 때 그때 자세하게 말씀 올리겠습니다. 지금은 세상사람들 모시기에 시간이 없습니다.

지금은 다만, 그들을 부처님으로 모시고 살겠나이다.

독수공존(獨守空尊)

고요여

나는 너를 닮고

너는 나를 닮으니

세상에 두루 고요만 남았구나

고요여

산이 말이 없던가

호수가 고요던가

이별가도 잊은 채

밤낮을 서 있는 비석

잠재우는 야정

기적(汽笛)도 잠든 이밤

홀로만 있는

누구의 세상인가

　우리의 본래 마음자리는 끝없이 고요한 세계다. 이 고요한 세계의 크기는 우주를 감싸고도 남으며, 이것의 하는 일은 만물을 만들고 움직이며, 이것의 겉모양은 삼라만상에 나타나 있다. 이것보다 위대한 것은 없다. 이것을 지켜주는 것도 없다. 다만, 홀로 지키고 있으며 홀로 위대하다. 이것을 공(空)이라고 부른다.

　지금 스님은 이것을 독수공존(獨守空尊)이라 칭송하면서 '고요'라고 부른다. 그 자리에서는 너와 나의 구별이 없이 모두가 하나이고 모두가 고요하다.

　독자들도 눈을 감고 조용히 앉아서 마음의 밑자리를 들여다보면 그 자리가 본래부터 고요하며, 우주를 감싸고도 남을 만큼 큰 세계라는 것을 알게 될 것이다.

　부처님과 스님의 말씀이 하나같이 진실하다는 것을 알게 될 것이다. 그러면 우리도 도인이 된다. 도인이 사는 세상은 고요하고 행복한 세상이다. 스님이 되고 아니 되고는 별 문제다.

잊지 못해

긴긴 하루를 두고 그대 소식이 없을 때
나의 하소연처럼 솔직해보기는
나만이 아는 고뇌였습니다

사지는 멀쩡해도 깡마르는 번열이 되어
한숨 지어 초라한 증세는
그대 소식이 절연된 후로부터
주신 선물로 간직하겠나이다

밤이 연인들이 지나고
무성한 잎들이 붉게 물들인 시월은
그대가 뿌리고 흘린 피로서 열정을 표시하여
장한 금자탑으로 기억하겠나이다

잊지 못해
꿈에서도 써보렵니다

　스님이 기다리는 사람은 마음이 통하는 친구일 수도 있고, 혹은 깨달음
에 대한 소망일 수도 있다.

　오늘도 하루종일 당신의 소식을 기다립니다.
　내가 당신에게 이렇게 솔직하게 하소연하는 것은 아무도 모를 것입니다.
당신을 만나고 싶은 열정 때문에 멀쩡했던 내 몸이 깡마르고 한숨만 내쉬
는 이 초라한 증세는 소식 끊긴 후 당신이 주신 아름다운 선물로 간직하겠
나이다. 젊은이들의 발길도 지나가고 단풍으로 물든 시월은 당신이 흘린
피로 물든 열정의 표시인 양, 내 삶의 금자탑으로 기억하겠습니다.
　당신을 잊지 못합니다.
　꿈에서도 당신에게 편지를 쓰겠습니다.

한가한 세월

바느질하지 않는
옷 한 벌로
건곤(乾坤)을 돌아쳤네

시방제불(十方諸佛)
백억광명(百億光明)
전체가 들어 보이니
청한한 저 주인은 아는 듯허이

적연한 만상(萬象)이여
뉘라서 부동(不動)을 아는가
구태여 입을 열자니
천성(千聖)이 부끄럽네

오는가 가는가
중간도 없는데
부질없는 방편설은
끝이 보이질 않네

허허허허 장부들아
그대 살림살이 어떠한고
바람 가듯 물 가듯
처처주인 되었나

　스님이 청빈한 수도 끝에 깨달음을 얻어 세상을 휘둘러보았을 때 시방
세계에 가득 찬 부처님들과 그 무수하게 찬란한 광명이 한꺼번에 눈에 들
어왔을 것이다. 이에 고개를 끄덕끄덕하면서 삼라만상이 본래부터 부동(不
動)임을 중생들에게 일러주고 싶지만, 깨달음의 세계란 말로써 설명할 수
없는 경지다. 본디 오지도 가지도 않으며 머무름도 없으며 시작도 중간도
끝도 없다. 때문에 이것을 굳이 설명한다는 것 자체가 있을 수 없는 일인지
라, 여러 성현들 앞에서 부끄러워 차마 입을 열 수 없다는 것이다.
　굳이 비유나 방편을 써서 일러주자면 방법은 수만 가지가 되겠지만 그것
마저도 부질없고 구차스럽다.
　장부들아, 그대들의 살림살이, 즉 수도의 수준이 어느 정도 되었는고? 가
는 곳마다 바람같이 물같이 거침없는 당신의 주인공을 발견하였느냐? 당신
의 공부가 끝났는가? 처처주인(處處主人)이 되었나? 스님의 이 말은 중국
임제스님의 수처작주(隨處作酒)*와 같은 말이다.
　공부를 마친 스님의 한가한 세월이 부럽고도 존경스럽다.

* 가는 곳마다 당신이 그 자리의 주인공이 되다

설레는 추억

계명에 달을 걸어
거문고를 퉁겨보자
학춤을 누가 추나
찻잔에 너울거린다

창해(滄海)여! 내 마음인가
은빛으로 나를 부르네
선녀여! 빈 천지에
지음인을 오게 하소

낭랑한 시조 소리
누구를 기다리나
걸어가는 오솔길이
깊은 자정 외로워라

누구 하나 언제 오나
기러기만 서천(西天)에 울고
동백꽃 수줍음에
장부 뜻 아는가
허이

닭소리 들리는 새벽, 달은 교교(皎皎)히 서천에 걸렸는데 그 시간까지 선정(禪定)에 들어 있던 스님이 문득 선열(禪悅)에 잠겨 한바탕 놀아날 때.

달아, 너를 보니 견딜 수 없다. 우리 한번 놀아보자. 거문고를 뜯어보자. 학춤을 누가 추나. 찻잔에 너울 넘실거린다.

푸른 바다여, 너도 내 마음 아는 듯 은빛으로 꾸미고서 나를 부르는구나.

흰 옷 입은 선녀야, 너도 싫지 않지만 천지간에 내 노랫소리 알 수 있는 친구가 더욱더 그립단다.

친구여, 낭랑한 노랫소리 듣고 어서 오게나. 나 홀로 걸어가는 오솔길이 자정이 깊어가니 더더욱 외로워라.

아, 한 사람만이라도 나타났으면. 외로운 기러기만 서천에 울며 가는데 달빛에 잠긴 수줍은 동백꽃의 미소를 내 친구는 알 수 있으련만.

이 시의 멋스러움은 필설 난기다. 달빛과 학과 선녀 속에 묻혀 있는 스님의 높고도 깨끗한 세계가 그저 숭고한데, 다만 지음인이 없어 외롭다.

하나의 씨알

절품(絶品)된 꿈을
드디어 깼더니
아! 아! 인생은 황혼에 들고

오가는 일월(日月)
토막난 사색
생사가 없다는 저 진리의 마음

세상에 없는 꿈을 깨기 위하여
세상에 없는 꿈을 다 깨게 하기 위하여
하늘 끝까지
땅 밑까지
저 돌이여 말 좀 하라

얼마만이냐
하나의 씨알
많고 많아서 더 많을 수 없고
없애고 없애서 더 없앨 게 없네그려
이제는 허공아 방귀를 뀌어라

아무것도 없는 텅 빈 마음, 마치 아무것도 팔 것이 없는 절품(絶品)된 텅 빈 가게와 같구나. 수도자가 자신을 이렇게 보는 것은 아직 꿈속에서 벗어나지 못한 경지다. 이 경지에서 만족하지 말고 더 밀고 나가야 한다.

드디어 그 경지마저 뛰어넘어 이제는 더 닦을 것이 없는 완벽한 깨달음(야뇩다라 삼먁 삼보리)에 이르고나니 '인생은 어느덧 황혼이더라'고 스님은 자신의 수행길을 회상한다.

무심히 돌고 도는 일월(日月)

위 없는 깨달음*을 얻기 위하여 얼마나 긴 세월의 고행이 따랐던가! 찾고 보니 그 진리가 바로 코앞에 있었던 것인데…… 이제는 생각할 것도 없고, 이렇게 가까운 데 숨어 있었다니 차라리 진리가 미운 생각이 드는구나.

이 고귀한 진리를 찾으려고, 남김 없이 찾으려고 저 하늘 끝까지 땅 밑까지 찾아 헤매던 나의 세월, 나의 고행을 어느 누가 알 수 있으랴. 길가에 뒹구는 돌은 알고 있을 것이다.

이 최상의 진리를 무어라고 이름할까?

그것을 한 물건이라고 하자. 아니, 하나의 씨알이라 하자. 그것은 우주를 싸고 있는 물건이며, 그것으로부터 만물이 터져나오기 때문이다. 우주를 빈틈없이 싸고 있기 때문에 더 보탤 수도 뺄 수도 없다.

진리로 가득 차 있는 허공아, 방귀를 뻥뻥 뀌어라.

중생들로 하여금 너의 소리와 냄새를 통하여 진리를 깨닫게 하여라.

---

* 무상정등각(無上正等覺) : 최고의 바른 깨달음

아시게나, 우리가 선 이 땅이 낙원이라네 ❶

지은이 박경훈 선시 · 황혜당 풀이
펴낸이 장두환
펴낸곳 역사비평사

등록 1988년 2월 22일 제1－669호
주소 서울시 종로구 계동 140－44
전화 영업부 741－6123~4
　　　편집부 741－6127
팩스 741－6126
E-mail yukbi@chollian.net

제1판 제1쇄 2001년 12월 15일

ⓒ 박경훈 · 황혜당, 2001

값 9,500원

ISBN 89-7696-255-9-03810
　　　89-7696-254-0-03810(전2권)